Myran

Annmarie Forsell

MYRAN

Förlag: BoD – Books on Demand, Stockholm, Sverige

Tryck: BoD - Books on Demand, Norderstedt, Tyskland

ISBN 978-91-7969-173-8

Innehållsförteckning   Sid

Myran

Berättelser, noveller, fabler, krönikor
och kåserier.

2008 - 2012

Myran

- Raska på lite, röt stora myran medan han
  sparkade till benen på den lilla myran. Har du inte
  sex ben som vi andra?
- Visst, men mina ben har inte vuxit sig starka än,
  försvarade sig den lilla myran.
- Jag skall visa dig, väste stora myran och rullade
  med huvudet medan han boxade till den ena
  antennen på den lilla myran så att den kroknade.
- Ja, vad är det för en myra som segar sig upp, föll
  de andra myrorna in i kör.

Toppen på myrstacken var långt borta. Den lyste vackert
av solstrålarna som spred sin värme genom granskogen.
Runt omkring myrstacken var det full rörelse. Myrorna
hade just börjat bygga på förra årets myrstack. I år skulle
den bli stor, mycket stor. Alla myrorna var överens om
att i år skulle det bli en jättemyrstack. Den skulle bli

större än myrstacken som låg mellan två granar på andra sidan vägen.

Myrorna i den här myrstacken var mycket arbetsvilliga, de ville få myrstacken färdig för alla sina larver som skulle komma ur myräggen. Myrorna arbetade och lyfte det ena granbarret efter det andra för att bära upp till toppen eller lämna kvar på sidan. Myrstacken skulle växa till den finaste i hela granskogen. De hojtade till varandra, knuffade varandra i sidan eller baken för att få myrorna bredvid att sätta fart.

Den lilla myran orkade inte riktigt med farten. Han ville gärna följa de andra myrorna på väg till toppen men hans kropp var liten och svag. Myran blev ledsen när han såg att de andra myrorna sprang förbi honom med glada tillrop om vem som skulle komma först. Han satte sig ner på baken, lutade sig mot ett granbarr och kikade upp mot toppen. Den var långt borta och vägen dit tycktes gå brant uppför. Då såg han, med sina klara ögon, en väg som snirklade sig runt myrstacken och upp mot toppen.

- Den vägen är bra för mig, sa myran sakta och log.

Myran tog ett stadigt tag i ett stort granbarr och började
klättringen uppför. Han stretade på och en behaglig
känsla av värme strömmade genom hans lilla kropp. Då
mitt framför honom låg en stor sten, stigen mot det andra
hållet hade en stor gren i vägen.

> - Vilken väg ska jag välja, mumlade myran? Orkar
> jag klättra över den stora stenen med detta tunga
> granbarr och får en närmare väg till toppen eller
> ska jag ta vägen förbi grenen. Den tar längre tid.
> Myran kliade sig i huvudet.

Till slut valde myran att klättra över stenen med sitt
granbarr, det var tungt och svetten bröt ut i pannan, rann
ner över ögonen och skymde sikten. Med ett steg i taget
kom myran in på den lättare stigen. Benen blev stadigare,
det gick fortare och fortare uppför. Nu var han snart uppe
med de andra myrorna och ännu ett barr blev lagt till
höjden.

> - Du verkar ha kvicknat till, skrek den stora myran.

Den lilla myran sträckte på halsen och vickade med sin
krokiga antenn.

-    Det jag inte har i benen får jag ha i huvudet,
vände tvärt och började gå nerför myrstacken.

Med varje nytt granbarr fick myran ta nya tag och göra
sina val till toppen på myrstacken. De minsta myrorna
började följa efter honom och snart hade lilla myran en
hel myrstig bakom sig som sakta stretade på uppför
myrstacken med granbarr och lade på toppen.

Alla myrorna sjöng och att välja rätt väg för varje myra
blev så bra att myrstacken blev den största i hela skogen.

Båtutflykten

Pojkarna ropade glatt till varandra medan de skuttade fram på klipporna. Plötsligt hördes ett plumsande och ett plask. Alla runt båten och på land stannade upp och vände sig mot ljudet. I det djupa vattnet låg Josef med endast huvudet synligt. David rusade snabbt ner till Josef, men han flöt omkring som en fisk i vattnet. Flytvästen som han alltid hade på sig i närheten av vatten, höll Josef uppe. Han plaskade lite med armar och fötter som en fågel, ögonen tindrade och munnen skrattade.

- Har jag inte sagt att klipporna är hala, tjöt pappa.

- Jag råkade visst ramla i, kontrade Josef.

- Nu, får du försöka ta dig upp, sa pappa.

- Visst, sa Josef.

Det var semester och det var sommarlov. David var 10 år brunbränd och blond, Josef var 7 år rödhårig med små pikanta fräknar. Klipporna höjde sig upp på båda sidor av motorbåten som låg förtöjd vid en brygga. Det fanns små krokiga buskar, tallar och björkar på ön samt små upptrampade stigar. Framför båten på land fanns ett träbord som vinden och luften hade gått hårt åt med åren. Träbänkarna var grå och ojämna med lite flisor som stack fram.

Några timmar tidigare…

Farmor och farfar hade bilat till Trosa för att möta upp Mats, Kicki och barnen och följa med ut på en båttur. Solljuset omfamnade staden med dess små hus som låg på bägge sidor av ån. Tittade man in genom grindarna kunde man se de små trädgårdarna med sina prunkande blommor och grusbelagda gångar. Turisterna strosade utmed ån och log mot varandra.

 Mats stod på däck och tittade genom sina solglasögon på de som gick förbi. Båten låg stadigt förankrad bland de andra båtarna i kanalen. Om man trängde ihop sig kunde fyra stycken sova i fören och två kunde sova i aktern. Det gick att fälla upp ett litet bord, bredvid fanns en vask och kylskåp. Kicki hade satt några gula blommor i ett glas på bordet.

Båten puttrade ut från kanalen och kaptenen på båten tog ut riktningen mot ön. Många båtar hade redan kommit iväg och var på väg mot olika mål. Segelbåtarna visade sig som en armada av vita svanar på havet och motorbåtarna var snabba sälar som forsade fram. Vågorna av alla båtar rörde upp havet och det gungade lätt i båten. Långt ute på fjärden fick de syn på en båt som körde fortare än alla andra båtar. Det var en räddningsbåt som var på utryckning. Ön dök fram bakom en udde och Mats saktade ner farten för att lägga till.

Nu skulle det bli grillparty. Alla hoppade mellan båten och land för att duka upp och grillen tändes. Kicki gjorde en god sallad som lyste röd av tomater och en fin grönsallad. Dricka och vin fanns snart på träbordet. Farfar började sjunga med sin djupa stämma, Ulf Lundells, "Jag trivs bäst i öppna landskap, nära havet vill jag bo…" och snart sjung alla med sina ljuvliga röster, det hördes vackert ute i naturen.

- Titta, vad är det som kommer simmande där, sa farfar mellan tuggorna.

David tittade upp och följde hans blick ut över vattnet.

- Det är en älg, utbrast alla på en gång.

Hornen lyste i kvällssolen och vattnet skummade runt den tunga kroppen. Ur näsborrarna kom lite frustande medan älgen höll huvudet högt. Farfar fick fatt på kameran och sprang ut på en klippa för att ta några kort. Efter kom David och resten av familjen.

- Men farfar, du har ju inte tagit bort skyddet på kameran, tjoade Josef.

- Synd, på så fina kort, sa farfar.

De smög i buskarna och gick på småstigarna.

- Mamma titta, där nere vid dasset. sa David.

- Ja, vad stor älgen är, viskade Kicki.

- Ska vi inte gå innan han ser oss, sa Josef.

Älgen vände på huvudet och tog två tunga steg i deras riktning. En gren knäcktes under hans ben som var som långa störar. Mats hade bara behövt sträcka ut handen så kunde han ha klappat älgen. Allihop tryckte sig samman och väntade på ett anfall. Ögonen plirade lite mot Josef som tryckte sig tätt intill David. Det här var skogens konung stor och grann. Kicki tog tag i pojkarna och tysta började de gå mot båten. Skogens konung skulle de inte störa, här var det älgen som bestämde. De var på hans mark och det fick man visa hänsyn till.

Älgen lyfte på sitt avlånga huvud, vände och försvann in bland skuggorna.

Tumult i tvättstugan

Böj på knäna och sedan ett rejält tag i tvättkorgen. En skjortärm tränger fram mellan locket på korgen och på den andra sidan försöker ett par trosor försvinna ur den. Emma petar in trosorna med några fingrar och benen rör sig steg för steg neråt mot källaren. Hon stånkar och räknar avsatser. Fyra. En svag lukt av våt sten blandad med doft av citron och blöta kläder får hennes näsborrar att vibrera. Öppnar luckan till tvättmaskinen och trycker in kläderna i tvätt trumman. Nu är det gjort, tänker hon och sträcker på sina armar. Går fyra avsatser tillbaka till lägenheten.

Eddie öppnar dörren till tvättstugan. Ställer ner tvättkorgen med en duns som ekar i källaren. Vad nu, varför är tvättmaskinerna upptagna. Vem har tagit min tvättid, säger han högt och blir blodröd i ansiktet. Nu när jag äntligen har kommit mig för att tvätta. Det här står jag inte ut med. Nu ska tvättas. Han rättar till glasögonen med ena handen och tittar. Hela 30 minuter kvar. Vad är det för en donna som har tagit hans tid. Ska han vänta och skälla ut henne? Vreden stiger inifrån och upp mot ytan. Tar tag i långborsten och slår den hårt mot golvet. Han har annat för sig än att sitta i tvättstugan.

Stoppknappen lyser röd. Maskinerna står stilla, han lyssnar inga ljud som närmar sig. Eddie börjar frenetiskt rycka ur all tvätt ur maskinerna och lägger dem i tvätt-vagnen. Det bildas en sjö under den och det droppar på hans skor. Är det hans tvättid, då tvättar han. Det ska vara lag och ordning i tvättstugan, tänker han och stampar i sjön. Kläderna in i trumman, trycker på startknappen och går trapporna upp till lägenheten.

Dagens Nyheter ligger på stolen. Eddie lyfter upp den, håller den framför sig. Match mellan Djurgården och Modo klockan åtta. Idag! Men är det imorgon han har tvättid? Har han tagit någon annans tid? Eddie rusar mot dörren, tar tre steg i taget nerför trapporna. Öppnar dörren, först en liten springa, sedan trycker han upp dörren och smiter in. Ingen syns till. Stopp på maskinerna. Ut med tvätten, tung och blöt, svettpärlor tränger fram i pannan på honom.

Eddie vrider på knappen, startar maskinen och damkläderna far runt i trumman. Böjer sig över sin tvätt, tar korgen under armen. Hela vägen från tvättstugan uppför trapporna bildas en rännil av vatten som strilar ner mot källaren.

Inne i lägenheten slänger Eddie alla kläderna i badkaret. Sätter på tv:n och tittar på Djurgårdsmatchen. Samvetet dyker upp till ytan, pratar ideligen om hans sätt att undvika en konfrontation med kvinnan. Då gör Djurgården mål, det överglänser allt.

Emma stannar till, vatten utanför tvättstugans dörr. Öppnar. Tvätten snurrar. Hon tittar till två gånger på tiden. Varför är inte tvätten klar? Dubbelt så lång tid som vanligt.

Hon följer rännilen upp till fjärde våningen som slutar bredvid hennes dörr.

Ibland händer det märkliga fenomen i tvättstugan.

Häst och vagn på Irland

- Hej, är det ni som är Mona och Birgitta?
- Ja, och du är Anders, sa Mona.
- Vi tar en kopp kaffe, innan tåget går, sa Birgitta.

De cirklade sig fram mellan folkmassorna, där alla var på väg åt olika håll och dunsade ner på några stolar som stod på sidan i kaffeshoppen. Anders strök den ljusa luggen från pannan och tittade begrundande på flickorna, som var i 20-årsåldern. De smålog tillbaka och bröt på Göteborgska, vilket hördes som en mjuk vänlig sång, som studsade mot väggarna på Dublins flygplats.

Tåget visslade för avgång och alla tre liknade kalvar som rusade mot en måltid. Vagnarna rullade sakta ut från perrongen och genom fönstret spred sig värmen, små svettdroppar syntes på Anders överläpp och Birgitta fläktade sig med armarna. Mona fiskade upp en bok ur väskan och började läsa.

De anlände till Tralee, på Dingle Bay en halvö i
grevskapet Kerry vid tedags. Väskorna tyngde ner
armarna, de fortsatte med stadiga steg. Mona fick
syn på en man med satt kropp och kläder som hängde
ostyrigt och vidöppet runt magen. Han svarade på
gaeliska, under tiden sträckte han ut handen för att
visa vägen till häst och vagnuthyrningen.

-   Där framme ligger uthyrningen, ropade Mona
-   Ja, äntligen. Ballycarty låg inte så långt från
    Tralee, sa Birgitta.
-   Vi tar den bästa hästen, sa Anders.

Irländaren rörde sig med små försiktiga steg mot
dem, ansiktet hade bestämda fåror och munnen drogs
uppåt.

-   Då är ni äntligen här, svarade han välkomnande.
    Det blir, en alldeles speciell utflykt för er tre, ni
    ska ju campa ihop under en vecka.

Graether, som hästen hette, fick syn på en morot i
Monas hand och sedan var de kompisar. Anders och
Birgitta fick hjälp med att spänna fast vagnen bakom

hästen. Anders hoppade upp på kusksätet och tog
tömmarna. Den krokiga och steniga vägen snirklade
sig fram genom ett öppet landskap med böljande gräs
och små skogsdungar. Det guppade upp och ner i
vagnen där flickorna satt och berättade roliga
historier från studenttiden. Anders kände ett pirrande
och bubblande nerifrån magen, kände den sträva
blåsten och skratten bröt ut i samförstånd.

Kärran som drogs av hästen ökade farten hela tiden.
Vägen sluttade utför och längre fram syntes en kurva.
Anders lutade sig framåt och bakåt medan han sökte
efter bromsen för att få stopp på vagnen. Pulsen
hoppade och Anders ansikte fick ett stelare utryck för
varje gång vagnen stötte till hästens bakben. Graether
försökte förgäves komma undan vagnen och ökade
farten. Vagnen krängde allvarligt och flickorna
viftade bekymrat, medan de sprang på sidan om
ekipaget. Kurvan, den kom närmare och när vagnen
körde runt hörnet lutade det ännu mer ner mot byn
Currans, där de skulle övernatta. Då bestämde sig
Graether för att galoppera ut på heden, med ekipaget.

Hästen blev omhändertagen av bonden i byn och
såren fick en välbehövlig salva. Skymningen lägrade
sig över byn.

- Anders och jag fixar sängarna, sa Mona
- Då tar jag fram korv, ost, skinka och dricka och
  dukar på heden, svarade Birgitta.

Nästa dag var hästen sadlad, utfodrad och
uppmuntrad för en fortsatt rutt. Mona höll i tömmarna
och de andra gick på sidan uppför backarna. De
pratade, tittade på naturen, lyssnade på fåglarna och
missade avtagsvägen till Ardcanaght. Istället såg de
Inch framträda och svängde in på halvön för att vila.

Vågorna förde med sig havsvatten över klipporna in
mot land som blandade sig med det strilande regnet
från himlen. Vagnen blev en tillflyktsort och Anders
läste högt ur Agata Christies roman, medan de alla tre
låg tätt intill varandra i en av sängarna.

Birgitta och Mona vaskade av sig bakom vagnen, nu
skulle de gå på puben i den lilla byn Inch och träffa

irländare. Anders satte på sig en skrynklig skjorta, tjoade till flickorna om de var klara för att gå.

Puben hade tre långbord och bakom bardisken stod pubvärden inklämd. Hans händer hade grova valkar men hällde lätt upp i alla glas. Anders lyfte på huvudet där han satt i hörnet, det hade blivit alldeles tyst, plirade med ögonen. Jo, det var så, alla hade försvunnit från puben. En man i uniform, kom fram till Anders. Anders sträckte på ryggen och sa, hej brevbäraren. Pubvärden höll upp ett tomt glas och putsade det omsorgsfullt.

Anders vacklade ut ur puben och upptäckte alla pubgästerna bakom ett uthus, där stod de tätt packade intill varandra. Det hade varit långt över stängningsdags och lagens långa arm hade gjort ett besök.

En man hasade sig fram till Birgitta, slog följe med dem till vagnen och pratade utan uppehåll. Han vände sig mot Anders och sa:

-    Kan inte du och jag dela på flickorna.

- Nej, jag behöver båda, svarade Anders.

På kvällen drog flickorna täcket över huvudet,
skrattade gott åt mannen som hade vänt om utan
protester och raglat hemåt.

De anlände till Camp nästa eftermiddag. Det låg högt
över havet och vinden ylade kraftigt från havet upp
mot land. Mr John Real, bonden tog emot dem.

- Hur har färden varit, undrade han småleende. Har
  det varit några kontroverser?
- Anders svarade glatt, lite si och så, men det är OK
- Idag vilar vi endast, inflikade Mona.

Sista kvällen gick alla tre till puben i Tralee. Många
irländare hade samlats och 2 engelsmän pratade,
gestikulerade, tittade förväntansfullt på flickorna och
bjöd alla på whiskey. De irländska sångerna hördes
utanför puben och ibland kom det några svenska låtar
som avbrott.

Anders satt på flyget till Stockholm, bakom sig hade
han lämnat Birgitta och Mona som skulle stanna

ytterligare en vecka i Dublin. Sommaren 1971 var på väg att gå över till höst.

Ficktjuvar se upp!

Polisstationen ligger bakom hörnan. Tar en kölapp och sätter mig ner och väntar. Min tur. Tar ett djupt andetag och går in genom dörren. Polismannen sätter ett papper i skrivmaskinen och jag berättar.

Det finns ficktjuvar överallt. Det bara vimlar av dem. De börjar komma i södra Europa samtidigt med de första flugorna. Tjuvarna sprider sig sedan söderifrån, upp i mellersta Europa och till Sverige. De gör sällskap med flugorna och slår sig ner. Utforskar omgivningen. Sedan bildar de små grupper, för att vara säkra på bytet. Jag kommer i deras väg varje vår. Nu gör jag uppror. Inga mer försvunna plånböcker.

Jag sitter på tåget från Malaga till Fuengirola. Semester i två veckor. Härligt, det har jag drömt om hela vintern. Har tre olika väskor och handväska att hålla reda på. Stationen närmar sig och jag jobbar febrilt med att få väskorna runt armar och hals. Det här ska gå. Ett steg och jag är nere av tåget. Väskorna dimper ner på plattformen.

Min väninna som möter mig tar en väska. Jag halvspringer efter medan armarna blir tyngre och tyngre.

Inne i lägenheten ställer jag handväskan på bordet. Vad nu? Blixtlåset är vidöppet. Tittar i väskan. Hur mycket jag än tittar så finns inte plånboken, Euron, bankomatkort och körkort finns inte mer. Första dagen på semestern. Sjunker ner på en stol och gömmer ansiktet i händerna.

Det blir en tur till polisstationen i Fuengirola. Ett telefonsamtal till banken. Till slut kommer beskedet att pengarna kommer om några dagar. Det här skall inte knäcka mig. Ingen ficktjuv skall få mig på knä. På kvällen blir jag bjuden på en mexikansk restaurang. En sombrero pryder mitt huvud. Tortillan smakar sommar. Vinet sköljer bort den sura smaken i munnen från förmiddagens episod.

I Paris på väg till museet D'Orsay. Min vän och jag småpratar och faller in i den vida strömmen som är på väg mot museet. Turisterna är många och någon vinglar till och knuffar oss. Värmen gör oss svaga i benen. När vi kommer fram ställer vi oss i kön som börjar vid dörren. Skylten står framför kassan. Se upp för ficktjuvar! Flugorna surrar runt turisterna, färdiga att gå till anfall. Sticker ner handen i väskan. Ingen plånbok. Inte nu igen. Jag hänger med huvudet. Så börjar jag ruska huvudet fram och tillbaka. Kroppen mjuknar. Går in på museet och tittar ingående på målningarna.

Det blir en tur till polisstationen i Paris. Fyller i papper och ringer samtal. Det här börjar bli en vana. Efteråt tar vi en stor flaska vin och några Croque monsieur.

David sex år och jag är på väg till Djurgårdsshopen i Stockholm för att köpa en djurgårdströja. Han bär påsen stolt efter ett bra köp. Vi köper en glass och går in på centralen. Hela hallen vimlar av folk. Alla i Stockholm plus flugor verkar vara på väg någonstans. Jag trycker väskan hårt mot kroppen. Uppfattar i ögonvrån tre killar som går på sidan om oss. Ficktjuvar, tanken flyger. Inte en gång till, aldrig.

I den ena handen har jag en matkasse. Svänger runt och dänger matkassen på killen som går tätt bakom mig. Killen till höger tar några steg mot mig. Då kommer en tant med rullator mot oss. Hon är två steg bort. Släpper rullatorn och den kommer rullandes mot killen. Han faller omkull. "Vad ända in i …", skriker killen. En äldre herre med käpp ser sin chans och ger honom ett rapp. Jag höjer rösten och viftar med armarna. Folk stannar till. Går närmare de andra killarna och trycker in dem mot väggen. Killarna faller omkull. En man med väldig mage slänger sig ovanpå. Några yngre killar som går förbi kastar sig över och bildar hög. David hoppar upp på högen och skriker. Ficktjuvar!

Två väktare rusar fram och börjar slita i armar och ben. Ficktjuvarna förs åt sidan. Resten av högen ställer sig upp och drar lite i kläderna. Vi pratar alla på en gång om hur många ficktjuvar vi varit utsatta för. Nu gör vi en allians, uppsikt över väskor och plånböcker råder på alla platser.

- Kommer en ficktjuv i min väg släpper jag rullatorn igen, säger damen.
- Jag har min käpp fyller mannen i. Det är bättre att försvara sig än att sitta hemma och känna sig kränkt när plånboken är borta.

-    Kommer flugorna för nära gör vi motstånd, säger jag.
Vi har all rätt att vistas ute.

Tanter och gubbar nu tar vi strid för våra rättigheter. Vi
rör oss fritt på alla platser. Ingen stänger in oss.

Polismannen tittar över skrivmaskinen.

Är det allt?

Ombytta roller

Arto tar några steg närmare klungan som står på bryggan.

- Hej, ska ni också på sälsafari?
- Titta, här är några sälar som pussas. Jag har varit
  på sälsafari i Antarktis, en del bilder är därifrån,
  säger sälfantasten Åke. Hans ögon tindrar av
  stolthet.

Arto ställer sig mellan två killar och tittar i boken. Några
förtjusta ljud hörs.

- Kul bild, säger en ung kille i gruppen.
- Jag har tagit med mig picknickkorg med korv,
  ost, kex och en hemlighet. Artos fru, Kerstin visar
  korgen som är överfull. Bara det inte blir oväder,
  säger hon och tittar ut mot havet.
- Ingen risk, utbrister två finniga killar. Molnen
  försvinner med blåsten från öster.

Åke hänger kikaren som han har i handen om halsen. Går
fram till båten som ligger vid bryggan och hoppar i.
Shortsen fladdrar runt benen. Vänder sig om i båten och
tar emot Kerstin och hennes picknickkorg. Han får syn på
två champagneflaskor och ställer med en mjuk rörelse
ner korgen på däck. Ingenting får hända den korgen. Arto
tar ett språng ner i båten. De två yngre killarna hoppar
kvickt i efter honom.

-   Nu får vi se hur många sälar som vi kan få på
    bild, säger de och dunkar sälfantasten i ryggen.
    Du har väl reda på var de finns?

Kaptenen på båten kastar loss och färden ut mot det vida
havet börjar. Vågorna rullar sakta. Ju längre ut på det
öppna havet de kommer desto mörkare blir molnen och
mer hotfulla. De ser ut som gubbar, mörka och håriga
som cirkulerar i skyn. Båten kränger till. Vågorna ute på
havet tar en annan form. Nu fräser det omkring dem, vitt
skum syns ovanpå vågkammen. Avstånden mellan öarna
blir större och snart syns endast havet. De har passerat
Huvudskär. Båten klyver de rullande vågorna.

- Bäst du håller dig i relingen. Arto vänder sig till
Kerstin.

Det rör sig i magen på honom och gungningarna i båten
får honom att inse fara.

- Vi öppnar en champagne och skålar för sälsafarin.
Kerstin tar upp en flaska från picknickkorgen. Vi
har ju fått safarin i present och då måste vi fira.

Hon räcker över flaskan till Arto som öppnar den.
Korken flyger upp i luften och hamnar i vattnet utanför
båten. Jubel. Några plastmuggar kommer fram. Arto
fyller i glasen.

- Det här med sälsafari är en kul grej, säger en ung
kille. Att få se levande sälar ute på öppna havet
har vi aldrig varit med om.
- Bara de fastnar på bild, säger en av killarna och
håller upp kameran.

Kerstin håller i relingen så att handen vitnar. Båten
kränger. Hon försöker dricka den porlande drycken, men
hennes glas skvalpar över när båten sjunker ner i en

vågdal. Kerstin häller i lite till i glaset och öppnar
munnen. Sälfantasten tar en djup klunk ur muggen. De
mörka molnen kommer i en rasande fart närmare båten.

- Titta mot öster ropar Arto. En stor våg kommer
  mot oss.
- Den är flera meter hög, säger sälfantasten innan
  han får kikaren till ögonen.

Vågen stänger in båten i hela sin blöta skepnad. Havet
sprutar runt båten. Den kantrar. Vågen drar förbi. Det är
tyst på havet. I vattnet ligger alla från båten och guppar.
Arto frustar och spottar vatten när huvudet kommer upp
till ytan. Vattnet forsar in i munnen. Det kalla höstvattnet
suger sig in på kroppen. Han förbannar den eländige
vågen och tittar sig omkring. Var är de andra från båten?
Flera gula flytvästar syns i vattnet.

Till höger upptäcker Arto en kobbe. Klipporna blänker
svarta från vattnet. Det växer några träd på kobben och
efter strandkanten finns lite gräs. Där är räddningen,
tänker Arto.

- Det finns ett skär till höger om oss. Vi tar oss upp
där, skriker Arto.

- Simma, det är bara 100 m dit, ropar sälfantasten.

Rörelserna på vattnet ökar. De lyfter sina blickar, ser
kobben, sparkar och simmar mot räddningen. Kerstin och
sälfantasten kommer först fram till klippan. De kämpar
för att få fotfäste på den våta klippan. Åke ställer sig upp,
halkar tillbaka ner i havet. Ett nytt försök och han är uppe
på skäret. Han tar tag i Kerstin och drar upp henne ur
böljan.. Bröstkorgen häver och sänker sig på dem. De
ställer sig bredvid varandra. En blöt fläck bildas under
dem som blir större och större.

Arto når skäret och Åke sträcker ut sin hand. Får tag i
hans tröja, grabbar tag i hans hand och drar honom säkert
upp på kobben.

Kaptenen och de unga killarna simmar trevande fram i
vågorna. Får hjälp upp. Där står nu allesamman och
huttrar. De tittar med vidöppna ögon på varandra och
undrar vad som händer nu? En stor våg, hela båten
kantrar och sjunker.

- Båten bara försvann, säger Kerstin lågmält.

- Vi var nästan framme vid sälarna, sälfantastens
röst är svag.

Skymningen sänker sig över havet. På skäret står de
tryckta intill varandra. Kläderna dryper av väta. Det
knottrar sig i skinnet. Arto sätter sig ner. Bröstet drar
ihop sig och han klapprar tänder. Alla sjunker ihop, sätter
sig.

- Vi klarade oss i alla fall, säger de.

- Ja, men vi kanske fryser ihjäl. Kaptenen skakar på
axlarna.

- Titta, vad ligger i skrevan där nere? ropar Kerstin.

Hon reser sig sakta och går ner från klippan. Nere vid
vattenbrynet mellan två stenar ligger picknickkorgen
inkilad. Vågen har slängt den mot klipporna. Kerstin får
tag på handtaget och lyfter. Det ligger fortfarande korv
och ost i botten. Kexen finns inte kvar. Kerstin känner en
ilning passera genom kroppen. Något att tugga på, det får
dem att bli varma. Hon tar några stadiga steg upp mot

haveristerna och börjar dela ut korv. Det är som en stor gåva, här på ett öde skär långt ute till havs.

- När vi inte kommer tillbaka ikväll, saknar de oss. De kommer att hitta oss, säger Arto för att uthärda kylan.

Åke som har sin kikare runt halsen, tar upp den och tittar ut mot havet. Ett tjut stiger upp från hans strupe. Vattnet höjer och sänker sig utanför kobben. En gråsten som kommer fram genom vattenlinjen. Ja, flera stycken. De skeppsbrutna vänder sig ut mot havet. Små lysande stjärnor syns i mörkret. Ljuspunkterna rör på sig. Kommer närmare. Svarta blänkande huvuden guppar i vattnet och cirkulerar runt kobben.

- Sälar, säger Arto och reser sig. De har upptäckt oss, inte vi dem.
- Då är inte sälsafarin förgäves i alla fall, ropar sälfantasten med hög röst.
- Vilken flock, flämtar Kerstin.
- Fast det är ju tvärtom, det är sälarna som tittar på oss, utbrister Arto.

De böjer sina huvuden och sitter tysta. Ingen vågar säga något. De vill inte skrämma iväg sälarna. De simmar runt, som för att hälsa på dem. Sälarna tycks säga att de inte är ensamma på skäret. De finns ju runt omkring. Lugnet sprider sig i gruppen. Alla andas med små fina andetag och känner att snart är hela äventyret över.

Sälarna viker inte från kobben. De simmar fram och åter. Flera timmar går. Gruppen på skäret väntar och väntar.

Som genom ett trollslag är alla sälarna borta.

- Jag hör något, säger Arto högt.
- Vad är det? Kerstin lyssnar.
- Ljudet kommer närmare, kaptenen ställer sig upp och viftar med en vit blöt tröja.
- Sälsafarin är över, säger Arto

Arto och Kerstin kliver ur helikoptern på bryggan. Där står några journalister och tar emot dem.

- Vad hände ute på vida havet?
- Sälarna hittade oss, inte vi dem.

Vär(l)den är upp och ner

Min bil och jag ska in på besiktning. Bilen hostar och hackar, bromsarna tar inte som de ska. Här behövs det en grundlig genomgång. Vad kan det vara för fel? Det behövs en specialist eftersom jag inte är särskilt duktig på hur man reparerar och servar en bil. Tur då att det finns bilverkstäder med utbildade mekaniker. Eftersom jag har en gammal Saab, en utmärkt bil för övrigt, som har gått utan bekymmer i många år ringer jag en SAAB-verkstad. De finns fortfarande kvar. Hur länge till vet vi inte idag? Saaben tar sig fram på vägen helt ovetandes om sin framtid. Jag ringer till verkstaden.

Jag hackar och hostar utan uppehåll. Går på halvfart. Vad är felet? Förstår inte själv varför den eländiga hostan sitter i så länge. Utbildad personal som förstår kan nog hjälpa till. Hur lång tid tar det att få komma till läkaren? Vid allvarliga och svåra problem när man behöver en specialist tar det längre tid. Vårdgarantin säger inom tre månader. Landstinget har visst en kö för frivilligt väntande också. Jag tänker inte ställa mig i den kön, för efter ett år är jag säkert frisk från min förkylning. Jag ringer till vårdcentralen.

Bilen får tid på verkstaden inom en vecka. Under tiden de går igenom bilen och servar den blir jag erbjuden en lånebil så jag kan ta mig till jobbet. Jag kör Saaben till verkstaden. Lämnar den prick klockan åtta. "När bilen är servad och klar ringer vi", säger bilkillen. "Kanske redan i eftermiddag". Jag sjunker ner bakom ratten på lånebilen och kör visslande till jobbet.

Hur går det för bilen? Bilen är klar klockan fem samma dag på kvällen. Den har blivit provkörd. Bromsarna fungerar och hostan har gått över på bilen. "Den lär fungera felfritt i minst ett år framåt", säger verkstadskillen. Lagad och servad. Serviceprotokollet är noga ifyllt. Varje åtgärd som har gjorts är ifylld. Läser protokollet och är nöjd, min gamla Saab får fortsätta att köra ute på vägarna. Den har rätt att finnas bland de nya moderna som skiner och glänser.

Efter två veckor är jag hos läkaren. Här ska det bli en grundlig undersökning. Läkaren hittar inga fel. Jag går hem och fortsätter kurera mig. Jag behöver en remiss till en specialist. Remissen skickas iväg, svar kommer om sex månader. Undersökning och ytterligare fyra månaders väntan för operation. Människor är tåliga vi väntar och står i kö.

Förkylningen släpper inte taget. Jag vill vara på jobbet men kraften är borta. Lite rehabilitering ska inte skada. Det kanske är en bacill, som kommer från en annan planet. Den bacillen tar vi bort, tänker jag. Fram med lite initiativkraft. Det är svårt att komma igen men en service hjälper. Jag lämnar in mig själv på självservice. En riktig genomgång av kropp och själ. Kommer tillbaka till jobbet. Bacillerna har fått fäste i väggarna. Arbetskamraterna går med sänkt huvud. Vi startar en rehabiliteringsgrupp. Alla är med. Ingen ska bli lämnad utanför, vi kör vägen fram. Vi varken hostar eller hackar längre. Det är lugnt och smidigt i korridorerna.

Bilen lämnar jag in till besiktning tre månader senare. Besiktningsprotokollet noga ifyllt. Åtgärd: Två lampor ur funktion. Går att fixa på en mack. Bilen kör ut på autostradan med nya ögon. Den rusar fram stolt och glad.

Här kommer bilen fin som en Rolls-Royse. Alla bilarna på vägen är besiktigade klara och har lika värde. Bilarna samsas på vägen lämnar företräde och bromsarna tar framför rött ljus. Skatten, javisst den har jag betalt in. Skatten är något lägre på min gamla Saab de nya stora bilarna har högre skatt. De tar mer plats, de får stå för en större del av skatten. Den skatten är okej tycker jag, har man råd med en stor bil betalar man för den.

Jag går tillbaka till vårdcentralen efter tre månader för besiktning. Har förkylningen gett med sig ordentligt? Hostan sitter i. "Inget att göra det går över med tiden" är svaret. Jag går hem och funderar över hur lång tid det tar innan förkylningen släpper taget. Hemma ligger en avi om skatteinbetalning. Grannen har fått en likadan avi. Hon kommer in, visar upp sin avi för mig. Min inkomst är högre än hennes. Skatten på hennes avi är däremot högre än min. Hon är pensionär och ska betala mer i skatt. "Är det här riktigt", utbrister jag. "Ska de äldre och de som inte klarar av att jobba betala för de stora och starka".

Min bil som är gammal betalar jag mindre skatt för. Det är förstås inte lika för människor och bilar. Vad behöver vi mest bilar eller människor? Vad vore bilarna utan oss?

Ute i trafiken kör pensionärer, jobbare, studenter, direktörer omkring i sina bilar. De har alla lika status. De kommer fram till sina slutmål. Bilen stannar.

Förarna kliver ur. Nu är vi en brokig skara av olika människor. Vi strävar alla mot ett mål att få vara friska och jobba.

Om vi var bilar hur skulle livet och vär(l)den bli då.

Påskkärringen och Påskharen

Kvinnorna for in genom dörren. Kvastarna ställde de mot väggen. Speglarna som täckte hela rummet lyste mot dem. Kristallkronorna hängde ner från taket och glittrade med sitt ljus. Utanför svävade molnen förbi, ljusblå, mörka och havsblå. De såg sig själva i speglarna och kände sig utvalda. Det här var ett ställe att njuta av. Här skulle de få vara utan att någon la sig i vad de gjorde.

Hambon vibrerade i den stora spegelsalen. Emma tog ett steg. Hon och ett 50-tal kvinnor blev fångade i musiken. Runt spegelsalen böljade de fram. När de kom fram till det stora fönstret ut mot molnen hade låten tagit slut. Nästa hambo tog vid. Håret var långt och utslaget, långa kjolar, gröna förkläden och de dansade barfota. Musiken fortsatte. Hambo efter hambo och kvinnorna dansade.

Kvinnorna hade blivit hitskickade från jorden. Nere på jorden hade folket i Hälsingland gjort uppror mot dem. Från by till by hade ryktet spridit sig att de inte var snälla mot barnen. Träden viskade, korna råmade och kycklingarna kacklade. Vinden tog tag i orden och sände dem till himlen. Uppe i himlen öppnade sig spegelsalen. Kvinnorna förpassades dit.

Dagarna avlöste varandra. Kvinnorna lyssnade på hambo och dansade. Någonting annat fanns inte att göra i spegelsalen. När de hade dansat och tittat i speglarna hundratals gånger började mungiporna dra sig neråt. Fötterna rörde sig inte lika kvickt, de släpade benen efter sig. Molnen utanför for snabbt förbi.

Mitt i dansen stannade en kvinna. Hon höjde sitt trötta huvud och pekade mot dörren.

- Hur tar vi oss härifrån?
- Jag har också tröttnat, hörs en röst i mängden.
- Det är snart påsk, sa kvinnan till vänster.
- Vi är i Blåkulla.

Rösterna mumlade fram orden. Påskkärringarna höjde blicken mot skyn. Vad skulle få dem därifrån?

- Vi försöker få kontakt med påskharen. Han är alltid vänlig till påsken och kommer med ägg.

- Jag kan ta den stora kvasten. Den orkar kanske
  flyga, sa Emma.

Den största kvasten togs fram. Emma flög iväg med lite
hjälp från ovan. Tog en stor sväng över Hälsingland och
landade på en gård. Där satt påskharen.

- Vi behöver hjälp med att komma från
  spegelsalen.
- Det blir svårt, svarade påskharen. Nu är det påsk
  och man skall vara snäll mot alla barnen.
- Vi vill hjälpa till, rösten lät liten.

Påskharen la de långa öronen om varandra på huvudet.
Jag gör ett försök, tänkte haren. Han försvann ut på åkern
och kom tillbaka med många skuttande harar. Ett stort
rådslag hölls. Meningarna som utväxlades var både hårda
och förlåtande. Till slut enades de.

- Ni får dela ut äggen på Påskaftonen. Men det går
  bara om alla har ångrat sig.

Emma flög tillbaka till spegelsalen. Kristallkronorna
lyste inte lika klart längre. Kvinnorna halvhängde på

varandra i dansen. Skulle det aldrig ta slut? De ville ner
till jorden. Påskkärringarna kände djupt i hjärtat, slagen
var snabba.

- Vi behöver lyssna mer på barnen och höra vad de
egentligen säger.

De viskade orden till varandra. Orden sjönk in i sinnet.
Emma gick ut på golvet och ropade genom
hambotakterna.

- Vi får dela ut äggen. Får se om kvastarna har kraft
nog att flyga oss?

Kvinnorna tog långa snabba steg mot kvastarna. En
målarpaljett kom fram från ett hörn. De målade varandra
i ansiktet med stora penseldrag. En del fick röda kinder,
andra röda och blå näsor. De knöt hucklen på varandras
huvuden. Barnen skulle se att de hade ändrat sig. Satte
sig på kvastarna och väntade på en signal. Emma flög
iväg på sin stora kvast och en efter en lyfte de andra
kvastarna med påskkärringarna på.

Påskaftonen var ännu tidig. Hemma i gårdarna rörde man i grytorna. Far sopade rent framför dörren. Stearinljusen lyste svagt. Äggen saknades. En liten pojke satt vid fönstret och tittade ut.

Ögonen blev stora som körsbär och kinderna blev som plommon. Så långt han såg, kom påskkärringar med korgar i famnen. De knackade på dörrarna och lämnade över ägg.

Efter den påskaftonen saknade byarna i Hälsingland aldrig ägg. Påskkärringarna kom ner på jorden och insåg sin egen betydelse.

Att bygga broar

Tidningen ligger på bordet. Överst på sidan lyser rubriken. "Nu lyfter vi Sverige". Äntligen är min första tanke. Något positivt. Det är nu vi ska gå samman och komma med glada och föränderliga nyheter och erfarenheter. Från en kris kommer alltid uppgång. Vi gör vad vi kan. Hoppet får man aldrig lämna.

- One Manhattan and two Bloody Mary

Jag har brickan full med tonfisksandwich. Tittar på bartendern som rör sig lätt i den lilla bardelen. Han skakar drinkarna och häller i två höga glas samtidigt som han gör i ordning en Manhattan. Hans händer är svarta och kraftiga. Kroppen rör sig smidigt. De vita tänderna och kindernas rundning lyser mot mig varje gång jag kommer för att beställa cocktails till gästerna som jag serverar lunch till. Jag säger alltid några vänliga ord till honom och tycker om när han svarar.

Det är i mitten på 60-talet. Restaurangen där jag arbetar ligger i New York. Vi kommer från olika länder, olika delar av USA och vi har olika kulturer. Vi trivs med varandra och gästerna trivs med oss.

En dag väntar bartendern på mig efter arbetets slut. Han ber mig att inte prata så mycket med honom. Han är rädd för att förlora jobbet. Jag förstår att rasskillnaderna i USA fortfarande är mycket stora och orden slutar komma när jag beställer.

Martin Luther King var ledare för en kampanj mot bussegregationen i Birmingham, Alabama, som han startade 1955. Senare grundade han en konferens som skulle bryta rassegregationen i restauranger, hotell och affärer. Han var emot våld, men sköts till döds 1968. Världen sörjde en stor man, men han startade ett brobygge mellan USA:s befolkning. Mycket har hänt under de sista 40 åren. Vi har fått en president i USA som heter Obama. Brobygget fortsätter.

Många år senare när jag är på väg hem från arbetet träffar jag Hans på tunnelbanan. Det är trångt på perrongen.

Hans som också är på väg hem, vill komma in och sätta sig. Han lyckas få en plats och sjunker ner på stolen. Axlarna faller ner och ryggen böjer sig. Bakom honom sitter fyra stycken killar, som pratar glatt och högt med varandra. Det ljuder i Hans huvud. Han sluter ögonen och lutar huvudet mot fönstret. Varför är han trött? Han har varit på vårdcentralen och där säger de att det är oro. Skall han våga ringa igen och be om en tid? Han är bara trött och kroppen signalerar med smärta, dålig aptit och inflammationer.

Månaderna går och Hans får ingen klarhet i sin trötthet och sjukdom. Väntetiderna för ett blodprov är långa och svaren dröjer flera veckor. Till slut får Hans förtidspension för oro. Några år senare upptäcks att Hans har sömnapné. Sömnen har varit en starkt utlösande faktor för hans problem. Dålig sömn leder oftast till kroppsliga kännetecken och oro.

Vi fungerar inte så olikt ett instrument. Ibland är ett instrument ostämt. När stråken flyger över strängarna kommer en dålig ton från instrumentet. Vi måste stämma instrumentet, så att tonen blir klar. På ett annat instrument kanske en sträng har gått sönder. Tonen ändras och stämmer inte med det den är ämnad för.

Idag har vi det stora företaget GM som tar sin hand ifrån SAAB. Världen står inför en omdaning. Vad gör vi?

När jag gick på en utbildning i slutet på 60-talet fick jag lära mig att under min livstid skulle jag få byta yrke ungefär fyra gånger och utbilda mig flera gånger. Världen var i omdaning och mycket skulle hända under slutet av 1900-talet. Vi anammade innehållet och gjorde oss beredda att möta förändringarna som skulle komma.

Många händelser råkar man ut för under livets gång. Sjukdomar, sorg, giftermål, skilsmässa, dålig ekonomi, bra ekonomi. Vi kanske blir bostadslösa under en tid eller åker på semester och blir rånade på alla pengarna. Företagen går omkull och många blir arbetslösa. Vi stannar upp, försöker komma underfund med vad som är fel. Hur skall man ta sig ur situationen? Egentligen är det ingenting som är fel. Det vi känner och tänker är helt riktigt och situationen vi befinner oss i existerar. Det är bara det att om det inte fungerar för oss, så måste vi byta strategi. Välja en annan väg.

Vi har många jätteduktiga IT-specialister i Sverige och världen. Vi är mitt inne i en IT-värld. Många av våra ungdomar spelar dataspel. Många av spelen är våldsamma. Vad lär de sig av dem? Jag efterlyser ett dataspel som är uppbyggande. Varför inte ett spel om fordonsindustrins kollaps. Det finns säkert mycket spänning och öden i det dataspelet. Sedan uppbyggandet av något nytt som sprider sig ur kaoset. Människor är kreativa och finner lösningar på problemen och stöttar varandra. Vi har alla en egen styrka och vi kan göra något åt olika händelser. Är det för tråkigt? Vi kanske vill ha mord och elände i vår omgivning? Det säljer ju bra.

Efterlyser även ett dataspel från sjukvården. En sjukvård där vi slår ihop den somatiska, den psykiatriska och den alternativa medicinen till en enhet. De kan säkert lära mycket av varandra och få större förståelse för människor. Vilket skulle sprida sig i hela samhället. Under en enhetlig behandling skulle vi bli friskare fortare. Slippa kämpa oss fram för att få rätt vård. Vi blir

bemötta som de unika människor vi är. Vårdens
kostnader skulle minska.

Människor är som slipade diamanter. Varje fasett i en
diamant innehåller något speciellt. Tittar vi riktigt djupt
på en diamant, så ser vi hur den skimrar inifrån.

Jag vet att även om jag aldrig har spelat ett dataspel,
skulle ett spel som leder till optimism, kreativitet och
framtidstro göra att jag testar spelet. Det är en dröm som
jag har.

Om vi bygger broar vid varje gräns, var den nu är, tror
jag det skulle hända …?

Pionjärläger i Polen

I sovsalen stod 15 järnsängar utefter var sida i rummet. Väggarna var vita och små vitala ljud ljöd genom rummet. Anders satte sig raskt upp när han hörde ordningsvakten ropa. Det var dags för appell och sedan frukost. Täckena drogs åt sidan och snart var rummet fullt med finniga pojkar från Sverige. De drog på sig byxorna ovanpå kalsongerna, vaskade ansiktet i handfatet och gick mot matsalen.

Matsalen fylldes med tonårskillar från Kuba, Ghana, Mongoliet, Finland, Sverige och många europeiska länder. I mängden av killar syntes några flickor. De var alla på pionjärläger i tre veckor i Cieplice, södra Polen. Gröten stod på bordet. Anders och Tord fångade in varandras blickar. Munnen föll ner på Anders. En djup tallrik, inget mera. Föräldrarna hade anmält kompisarna till lägret. De var 13 år och utomlands för första gången.

Ungdomarna tittade med korta ögonkast på varandra vid bordet.

- Hade ni också kuddkrig? Anders stoppar in en
sked med gröt och sväljer snabbt.

- Ja, vi hade krig mot kubanerna, svarar en kille
från Ghana. Han nickar mot en kuban på andra
sidan bordet.

- Vi vann över finnarna. Tord häller belåtet i sig
mjölken.

Fotbollsturneringarna avlöste varandra. De spelade med
landet som insats. Efter finalen vände sig ledaren till det
svenska laget och sa:

- Imorgon går vi upp i bergen och tältar med de
polska pionjärerna.

Kampsången ekade i skogen. Pionjärerna gick på led och
lämnade ljud av steg som rullade ner i dalen.

- Jag är trött på det här. Anders vänder sig mot
Tord.

- Vi smyger tillbaka. Jag vill hellre sova i en
järnsäng.

Anders och Tord drog sig längre och längre bak från
ledet. Tog några snabba steg och gömde sig bakom en
buske. Sedan tog de skydd bakom träd efter träd för att
ingen skulle få syn på dem. Efter någon timme visade sig
slottet genom skogen där de bodde. De rundade gården
och gick mot baksidan. Killarna öppnade en liten springa
och drog sedan upp dörren på baksidan. Små mjuka steg
och de var på rummet De lade sig på sängarna. Det här
har vi gjort bra sa de till varandra. Tog fram några
serietidningar för att njuta av friheten.

- Tänk om de kommer på oss, sa Anders och
  fortsätter läsningen.
- De räknar inte in oss. Tord försöker slå bort oron
  som kittlar i magen.

Det blev straffkommendering till en bondgård.
Vinbärsbuskarna dignade av vinbär och pojkarna
plockade i dagar. Solen stod högt och strålarna kändes
som piskrapp.

Veckorna försvann fort och Anders och alla pionjärerna la ner sina smutsiga kläder i väskorna. Hemresan via Warszawa hade börjat.

Tre dagar i Warszawa och rundvandring. Warszawa ghettot slog emot dem med minnen som satt i ruinerna. Där fanns skrik och gråt. Intrycken fastnade hos killarna. En utflykt till gamla stan och andra historiska sevärdheter avlöste varandra.

Dagarna i Warszawa tog slut. På tåget mot Berlin öppnades skjutdörrarna till kupén. Ett äldre amerikanskt par som var på resa i Polen satte sig i kupén. Kvinnan lutade sig mot Tord.

- Var kommer ni ifrån?
- Från Sodom och Gomorra, svaret studsar i kupén.
- Berätta, vi vill höra allt. Vad trevligt med svenska pojkar i Polen.

En Volkspolizei i uniform sköt upp dörren och sa med hög röst.

- Passen.

Killarna började röra sig fram och åter. Anders letade
och undersökte väskan flera gånger. Svetten trängde fram
i tinningarna. Alla var klara utom han. Polisen stampade
med foten och rörde på armarna. Anders var rädd att bli
avslängd, kanske satt i läger. Varför bad han om pass?
Polen och Östtyskland var ju brödrafolk. Strax innan
Östberlin kände Anders fingrar passet i resväskan. Han
andades ut och bröstet sjönk ihop.

Tåget rullade in på en överbyggd station i Berlin. Alla
killarna plockade med sina väskor. De stötte ihop och
försökte komma förbi varandra. Till slut kom alla ner på
perrongen. Nu skulle de till hotellet. Tre sköna dagar i
Östberlin.

Då rusade en flicka i 20-årsåldern fram till killarna. Hon
hade uniform och pratade högt på tyska. Hon pekade
flera gånger mot ett annat tåg. Gruppen tätnade och rörde
oroligt på sina huvuden. Vad händer? Hon ställde sig
bakom gruppen, tog tag i Anders väska och fick hela
gruppen att röra sig mot det andra tåget. De puttades in i
en liten kupé. Alla 15 killarna satt med benen så tätt att
de nästan la sig ovanpå varandra. Luften var fuktig och

luktade svett. Rösterna tystnade. Tåget startade. Det var mitt i natten och månsken. Tord satt intryckt vid fönstret och tittade ut. Ett rop ekade i kupén. Anders satte näsan mot fönstret. I månskenet syntes det klart. Det var tanks, som rullade fram på långa led. Pojkarna tryckte på bakifrån. Alla ville se ut. Det var något på gång? Hade kriget brutit ut?

Följande dag hade killarna kommit till Malmö.

Pojkarna gick gatan fram. En kiosk låg tvärs över gatan. De stannade. Löpsedeln lyste med svarta bokstäver.

Mur i Berlin.

Lyckoslanten

Spara och Slösa, det var två flickor jag läste om som
barn. Spara hade alltid pengar kvar och skötte sig
exemplariskt. Hon la inte ut någon krona på det som hon
inte behövde, utan sparade till något stort och viktigt.
Slösa gjorde av med alla pengarna och fick stå i
skamvrån och ångra allt hon hade spenderat. Denna
tidning slukade jag varje månad och såg mig själv som
Spara, för Slösa ville jag inte vara.

Åren rann förbi. Jobben avlöste varandra, lönen var alltid
under medel och jag räknade och räknade pengar för att
få dem att räcka till mat och hyra tills nya lönen anlände.
Vi hade ju alla fått lära oss att man inte får göra av med
mer än man har. Samhället räknade med detta och jag
stretade på och försökte göra rätt för mig. Arbeta och
betala räkningar, det var det som var meningen med livet.

En dag gick jag förbi en fin butik i centrum med härliga
klänningar i skyltfönstret. Ute var det grådisigt,
dropparna hängde i luften och trottoaren var mörkt

fuktig. Gick fram och tillbaka utanför affären, tog mod till mig och steg in. Klänningarna hängde på rad, röda, gröna, lila i olika modeller. Kände på tyget, luktade på dem och kände doften av fräschhet, klänningarna lyste. Jag fastnade framför en klänning som var rödblommig upptill, insydd under bysten och resten draperad av svart tyg. Nu var Slösa i farten, idag ville jag ha en underbar klänning. Jag ville känna mig fin och bli uppvaktad på kvällen när jag skulle gå på Baldakinen och dansa.

Vi svängde runt på dansgolvet, klänningen svepte runt benen som räckte ända till de högklackade skorna. Musiken spelade dansbandsmusik, rörelserna och stegen dånade i golvet. Jag dansade och svävade i luften, glömde det hårda och bistra och kände mig som en prinsessa. Resten av månaden fick jag leva på gröt och korv. Fast jag gillade att vara Slösa, det var roligt.

SEB varslade om uppsägning. Flera av oss som arbetade skulle få lämna banken. Det var bankkris i Sverige. Tidningarna skrev metervis om krisen och riksbanken höjde räntan till 500 procent. Stödpaket till bankerna utlovades. Många familjer fick lämna sina hus efter det att de blivit arbetslösa. Sjukskrivningarna ökade och sjukkassan satte i system att förtidspensionera så många som möjligt. Sjukkassan fick bonus efter hur många de kunde sjukpensionera. Många var det som ville gå på utbildning eller rehabilitering. Vi hade lärt oss från barnsben att jobba och göra rätt för oss.

Högkonjunkturen tog vid och hela samhället gick på högvarv. Företagen gjorde stora vinster år efter år. Arbetskraften var eftersökt och man ropade efter utbildad personal. Cheferna ropade på högre löner. Bonussystem infördes, ju mer företaget gick med vinst, desto större bonus. Strävar man endast efter stora vinster varje år glömmer man det långsiktiga i ett företag. Det är meningen att plattan i företaget skall vara stadig. Den skall inte gå att rubba även om det gungar högre upp i toppen. Arbetskraften är själva själen i ett företag, det är den som stöttar, ställer upp och för företaget framåt med riktlinjer från cheferna. Det är en kraft att vara rädd om och värna om. Se till att de, efter många års slit och glädje i arbetet, kan känna sig trygga. Veta att företaget, står bakom dem. Företagen borde ha lagt undan slantar för att föra dem igenom lågkonjunkturen och sig själva.

Scaniachefen stod häromdagen i TV och ville ha hjälp av fader Reinfeldt. Vart hade alla pengarna från högkonjunkturen tagit vägen? Blev bonusarna för höga? Vem skall träda in när vi har gjort av med våra pengar? Är det så enkelt att be moder Svea skjuta till det vi har spenderat, utan att tänka långsiktigt. Ett land byggs upp underifrån, utan arbetande människor fungerar inget företag. Visst behöver vi chefer, de är också människor med känslor och behov som alla vi andra, men behöver chefer så ofantligt höga bonusar. Vi kan inte mer än äta oss mätta och dricka till en viss grad. Blir man lycklig av så mycket pengar? Lyckan ligger inte i hur mycket pengar man har på banken, den finns inom varje människa. Vi kan dela med oss av det lilla vi har och det gör många i Sverige. Någon annanstans i världen kanske ett barn får mat för dagen och magen slutar ropa.

Den här finanskrisen är något alldeles exceptionellt. Vi har inte varit med om det tidigare. Hur var det på 30-talet? Vi klarade av det med hjälp av Saltsjöbadsandan.

Den byggde upp och stöttade Sverige. Idag är det ett rent IT-samhälle för stora delar av världen och hela finanssystemet kollapsar. Pengarna flödar fram och åter i olika kanaler och ingen har koll på var det började eller hur det slutar.

Vi har en hel grupp underbetalda, arbetslösa, pensionärer m fl. som har en månadsinkomst som understiger 10 000 kr i månaden i vårt land. Jag tycker att vi kan ställa oss upp, ta varandra i handen och gå till fader Reinfeldt och be om kompensation. Vi har inte spenderat, vi har kämpat för att få det att gå ihop. Vi har arbetat för företagen och Sverige. Kan företagen be om det, så kan vi.

Många av oss läste Lyckoslanten som barn. Har våra företagsledare läst den?

Fabel/ En fälla i skogen

- Hjälp, jag faller.

Rådjuret kände hur marken gav vika, han for ner i ett svart hål. Doften av våt jord steg upp i näsborrarna. Han tryckte i med bakbenen för att ställa sig upp. Jorden skrubbade honom på båda sidor. Han försökte med frambenen, ett ryck och han stod upp. Benen vinglade, jordväggen skjutsade honom mot andra sidan. Rådjuret fick upp mulen ovanför gropen och gav till ett högt bröl. Kom någon?

Kronhjorten gick med högburet huvud sakta och lugnt på stigen. Stolt över sina vackra horn. Luften var sval och en lätt vind drog genom skogen. Ett steg till och kronhjorten tvärstannade. Framför honom öppnade sig en stor fälla. Var det därifrån brölet kom?

- Vad gör du därnere? undrade kronhjorten.
- Jag ramlade ner i fällan, svarade rådjuret.
- Där hör du inte hemma. Haka i mina horn så drar jag upp dig.

- Den som gjort fällan, ska få mina fästingar.

Några dagar senare knäcktes grenarna under älgtjuren när han satte ner klövarna i marken. De sex taggade hornen på huvudet rörde sig som en krona på en kung. Han stannade i gläntan och sökte med blicken efter björnhonan Sandra. Skogens alla djur hade trampat stigarna mot öppningen i skogen. Längre fram bland björkarna som skiftade i rött upptäckte älgen Sandra. Tryckt mot hängbjörken stod björnen och skrubbade baken. Till höger om björnen satt vargen Ulf och på vänster sida rådjuret. På marken sprang skatan Emil och skatan Eva och flaxade med vingarna. Älgen tog två långa steg och ställde sig framför Sandra. Djuren som kommit för att lyssna började vrida på sig, vända på huvudet, klia sig i baken. Vad skulle de få höra? Rykten hade cirkulerat i hela skogen att björnhonan inte hade sagt ifrån, när vargen tvingat Sandra hjälpa honom med att bygga fällor för skogens djur. Älgen skulle leda mötet, det var alla djuren överens om. Ingen hade horn som han.

- Nu börjar vi mötet, sa älgen och stampade med klöven i marken.

- Alla närvarande, sa duvan som satt på en gren
längre bort.

Älgen vände sig mot björnhonan.

- Varför gick du med på att sätta upp fällor?

En susning hördes bakifrån. Skogens djur drog in ett
djupt andetag. Hade Sandra gått med på det? Hade inte
skatorna tisslat bakom varje gren kanske de allesammans
legat döda i fällorna.

- Om jag inte gör som vargen säger hamnar jag
också i en fälla, sa björnen.
- Du försöker bara rädda dig själv, sa älgen.
- Vargens styrka får mig att känna mig liten. Jag
krymper och kan inte säga det jag vill.
- Vad är det för skitsnack, du är en stor björn.
- Vargen är van att få som han vill. Alla ser upp till
honom och jag är rädd för att stöta mig med
honom.
- Ryck upp dig, ryktena här i skogen är inte milda.
Vi tänker skicka iväg dig till Norrland.
- Hur ska mina två björnungar klara det?

Älgen vände huvudet mot vargen och sa med barsk
stämma.

- Vad är ditt försvar i denna fråga?

- Tänkte endast på mina vargungar de var hungriga.
  Rådjuret får skylla sig själv om hon ramlar ner i
  fällan.

- Om inte kronhjorten hjälpt mig upp ur fällan hade
  mina två rådjurskid varit utan mat.

Skatorna flög upp så snabbt att några fjädrar lossnade och
singlade ner framför vargen.

- Här i skogen samsas vi, det betyder att man säger
  ifrån om något inte är OK, kraxade skatorna.

- Det verkar som om Ulf alltid har rätt och jag fel,
  sa Sandra och satte sig på baken.

Älgen böjde ner huvudet med de sex taggade hornen och
sa:

- Säg det du känner, det är mer rätt och riktigt än
  du tror. Skogen blir en bättre plats då.

Duvan började skriva protokoll. Hon doppade näbben i saven och skrev med sirliga bokstäver. Längst ner på protokollet la hon till några punkter.

1. I skogen säger alla sin mening. Varje mening är viktig.
2. Alla djuren är lika mycket värda i skogen.

Älgen förklarade mötet avslutat och sa:

- Jag vill inte komma till ett möte en gång till. Jaktsäsongen börjar, måste ge mig av.

Älgen stampade med högra klöven i marken, tog några stora kliv över gläntan och försvann.

Björnhonan Sandra, vargen Ulf och rådjuret drog en suck av lättnad. Mötet var över. Djuren, som suttit stilla och lyssnat, reste sig upp från gräset. De kliade sig i huvudet och försvann in bland lövträden. Alla djuren hade fått något att tänka på.

Ett skott i skogen

Ulf var ute på sin vanliga runda, han smög bland träden i
skogen. Stannade, lyssnade. Endast lövträden susade i
vinden. Ulf satte nosen i vädret, fanns det någon
människa i närheten? Öronen ramlade ner framför
ögonen. Dumma öron, håll er på plats, sa han otåligt för
sig själv.

Ett skott. Vargen tjöt, trillade omkull och fick benet
under sig. Försökte resa sig upp. Styrkan i benet var
borta. Vad var det som hände, tänkte vargen och rullade
över på sidan? Tittade ner på benet, en bäck av blod rann
mot stenen i närheten av vargen. Smärtan blev värre, han
rörde på benet. Det skar som en kniv i såret. Huvudet
sjönk ner och vargen försvann i ett svart mörker.

Skatorna flög över skogen. De var ute på uppdrag för att
se efter om hela skogen mådde bra och alla djuren i den.

-      Vi tar en sväng till över myren, sa skatan Eva.

- Är det verkligen nödvändigt, jag vill ha rast, sa
skatan Emil.

- Försök inte smita undan, det här uppdraget är
viktigt, sa Eva.

I skyn gick färden än en gång över skogen. Skatorna
tittade ner genom tallar, granar, och björkar. Kanske
fanns det något att rapportera om. Ett gällt ylande kom
från marken, tog fart och nådde högt upp i skyn.

- Är det vargen som ylar? kraxade Eva.

- Honom struntar vi i, han försöker lura skogens
djur i fällor, sa Emil.

Ett extra långt utdraget ylande fick björkarna att skaka
under skatorna. Eva slutade flaxa och flög in i sidan på
Emil, fastnade i ena vingen, likt ett segelflyg störtade de
mot marken och landade.

Skatorna satt på en tuva bredvid vargen. De samtalade
lågt om vad de skulle göra? Vargen behövde dem, det var
de överens om när de såg blodpölen.

- Vi hämtar björnen Sandra, sa de samtidigt.

Skatorna nickade med näbbarna, tog några stora vingslag,
lyfte från marken och flög upp mot trädkronorna. En
sväng och de dalade ner mot björnlyan. Skatorna satte sig
på den runda stenen intill lyan och sa till björnhonan.

- Sandra, du kan mest om läkarvård här i skogen.
  Många sår har du fixat och såren läker med hjälp
  av din honung.
- Vem är skadad? sa björnen och satte sig på
  bakbenen.
- Vargen ligger i en pöl med blod.
- Vad menar ni, ska jag hjälpa vargen?
- Ingen annan klarar av det.
- Otur för honom. Sandra funderade ett ögonblick.
  Visa vägen, vargen har lovat att inte sätta ut fler
  fällor i skogen. Och ungar har han.

Skatorna fick bråttom. Flög mellan träden och kraxade
fram att vargen behövde hjälp. Duvan hörde ropen och
följde efter skatorna. Rådjuret och kronhjorten höjde sina
huvuden. Vem behövde hjälp? De tittade upp i skyn och
följde efter skatorna och duvan. En gren knäcktes med ett
brak. Älgen, stor och ståtlig med sin krona, fastnade

nästan mellan två tallar. Älgen frustade, det kom ånga ur näsborrarna när han sa:

- Vilket ståhej i skogen, jag kommer hit från Norrland och hälsar på.
- Vargen är skadad.
- Katastrof, vi kan inte ha en skog utan varg, sa älgen.
- Hur klarar vi oss utan honom, han varnar för alla tjuvskyttar i skogen, sa rådjuret.

Rådjuret hade glömt hela den dagen han hade suttit fast i gropen. Nu hände det andra saker.

- Framåt marsch, vi måste rädda hans liv, sa älgen.

Älgen ledde tåget med alla djuren. De gick förbi en äng med röda och blå blommor, balanserade på den våta myren, väjde för en myrstack. När de var nästan framme, vände älgen på huvudet och tittade bakåt.

- Oj, så många, bra följe! ropade han högt.

Björnen lade sig på knä bredvid vargen. Slickade honom med sin mjuka tunga i såret. Satte på lite honung, tryckte fast ett stort löv ovanpå. Sedan virade han en liten mjuk gren runt omkring.

- Nu är det bara att vänta, sa björnen.

Djuren slog sig ner i en ring runt vargen. De nynnade, läste sagor och lyssnade på varandra. En morgon hade värken släppt i benet på vargen. Vargen rullade runt, tog stöd mot trädet och vips stod han upp.

- Nu kan jag börja vakta skogen igen, sa han stolt
  och krökte på ryggen.

Älgen som hade legat och tittat på vargen när han försökte ta sig upp, sa högt:

- Alla djur behövs i skogen. Om något djur gör
  något tokigt och ångrar sig, så förlåter vi. Det är
  bra för skogen och djuren.

En flykting kommer till skogen

Solstrålarna hittade vägen mellan träden och omslöt
skatorna i det tidiga ljuset. Emil flaxade till med vingarna
och vippade med huvudet fram och tillbaka.

- Vad är det som luktar illa i skogen? kraxade
  skatan Emil.
- Du inbillar dig, jag känner ingenting, svarade
  skatan Eva.
- Märker du ingenting, det kommer från dungen där
  borta.
- Vi flyger dit.

Skatorna närmade sig dungen med gräs och småträd som
strävade efter att nå upp till björkarna. Emil satte ena
vingen för näsan. Det här var bara för mycket, vilken
doft. Eva var förkyld, hon kände ingenting. Hon vispade
till näsan med ena vingen och drog in luft. En hostattack.
Den ville inte sluta, det stack och sved i näsan. Eva
hostade fram.

- Nu känner jag. Doften är äcklig, precis som vitlök
   och bränt gummi.
- Följ mig, sa Emil.

Emil flög ner mot marken och satte sig på en sten med
grön mossa och sa.

- Jag ser en lång buskig svans, säkert en meter,
   bakom trädet.
- En sådan svans har jag aldrig sett i vår skog, sa
   Eva.

Djuret vid trädet började känna sig iakttagen. Han kände
sig hotad. Djuren i den här skogen kanske inte ville ha
honom där. Inte en gång till, tänkte han och sprutade
ytterligare en dos av doften från baken mot en tall.

- Nu sprider han mera äcklig doft i skogen.

 Emil flaxade och flög upp från stenen.

- Vi kör ut honom från vår skog.
- Vi hämtar björnen, då ger han sig säkert av.

Utanför björnlyan satt björnhonan Sandra och läste sagan
"Snövit och de sju dvärgarna" för björnungarna. Det kröp
i benen på dem, de hade suttit stilla för länge. För att få
bort stickningarna i benen gjorde de kullerbyttor och
började sedan nafsa varandra i öronen. När skatorna
närmade sig, reste björnungarna på sig och började leka
tafatt. Då landade Emil på ena björnungen.

- Hör här, skrek han. En inkräktare i skogen.
- Har vi fått en ny hyresgäst? sa björnhonan sakta.
- Han luktar illa.
- Fy, det fixar vi till.

Skatorna, björnhonan och björnungarna tog vägen ner
mot dungen. Duvan lyssnade, tunga bestämda steg på
stigen. Björnhonan på väg. Duvan plockade fram sitt
protokoll och flög efter. Här hände det saker, måste
skrivas ner? tänkte duvan.

När djuren gick stigen fram, hörde de ett ljud som
klingade som klockor. Ljudet som fick löven att dallra
och tallkronorna att röra sig i takt. Klockljudet

cirkulerade runt på marken och bäddade in skogen i en symfoni. Sandra stannade.

- Vilket underbart instrument. Kan det vara en silvertrumpet?
- Ett sådant vackert läte har vi aldrig haft i skogen förut, suckade Eva.
- Där borta sitter djuret, med den buskiga svansen, sa Emil.

Emil flög fram till djuret, satte näbben i svansen och ryckte till. Han fick flera strån på en gång i näbben. Det svarta djuret hoppade till och vände sig om. I de korta frambenen höll han ett vasstrå för nosen. Ljudet i skogen klingade av.

- Vad är du för en? frågade Sandra.
- Jag är skunk, kom hit med båt från Kanada.
- Varför stannade du inte kvar där?
- Bävrarna där borta hotade mig, de ville åt mitt bo. Tyckte det var bäst att schappa.
- Och så kommer du hit och luktar illa, kraxade Emil.

- Spela en gång till. Musiken känns varmt i hjärtat,
  sa Eva.

- Om jag får stanna här och ingen hotar med att ta
  mitt bo ifrån mig, luktar jag inte illa, sa skunk.

Duvan tog fram protokollet. Skrev med den fuktiga
näbben.

1. Ingen hotar skunk.
2. Ingen dålig lukt i skogen.

En månad senare ljöd den underbaraste musik genom
hela skogen. I gläntan hade djuren bildat en orkester.
Skunken satt framför djuren, tog det finaste grässtrået
och blåste. Björnen blåste och de andra djuren tog djupa
andetag, blåste. Alla djuren ville lära sig spela lika
vackert som skunken. De blåste, stampade takten, sjöng
och löven dallrade på björkarna. Myrstacken vaknade till
liv och arbetarmyrorna lade sina granbarr åt sidan. Gick
myrstigen fram, satte sig på bakbenen i gläntan och
lyssnade med antennerna raka. De krokade i varandras
ben och gungade med musiken.

Musiken flödade, bakom varje kulle, varje tall, varje sten.
Alla djur spelade och underbar blomdoft fyllde hela
skogen.

Är vi alla marionetter?

Kärlek, ja vad är det för mig? Det är ett stort ord som rymmer hela universum. Kärlek är något som finns inom oss alla. Vi föds med den och längtar efter den genom hela vårt liv. Vad händer på vägen, när vi letar efter den eller vill ge av vår kärlek.

För mig betyder kärlek respekt för andra människor. Vi lyssnar till varandra och hör vad de egentligen säger. Om vi uppfattar signalerna som skickas mellan människor, tror jag att kärleken skulle bli en del av samhället. Vi sträcker ut en hand och en hand kramar tillbaka.

Ett gällt skrik ekar i korridoren. En mamma lyfter på huvudet och tittar med vidöppna ögon på sin nyfödda baby som barnmorskan håller i luften. En ny människa har kommit till jorden. Babyn är liten och oförstörd. Hon ligger där stilla och super in luften som vandrar genom den lilla kroppen. Bröstkorgen häver sig upp och ner. Det här är jag, säger babyn. Jag har mina behov och dem talar

jag om för världen. Resan att utvecklas till en egen
individ har börjat.

 Barnet växer, börjar gå och säger enstaka ord och
meningar. En del barn är motoriskt väldigt tidiga medan
andra barn börjar prata mycket tidigt. Utvecklingen går i
otakt för barnen.

Så kommer fyraårskontrollen. Barnet ska klara av en del
tester för att anses som normalt begåvad. Är det då någon
del av testet som inte överensstämmer med övriga barn,
så är det något fel. Vem har sagt och bestämt att det ska
vara ett fel? Omgivningen har mycket stor betydelse för
hur barn växer upp och utvecklas. Vi får inte göra dem
osynliga eller ännu värre säga att det är något fel på dem.
Vi är olika som vuxna och vi är olika som barn. Lär inte
barn att de är felaktiga. Det tar ifrån dem deras
egenvärde. De växer upp och utvecklas inte till den
person som de egentligen är. Alla människor har goda
egenskaper, om de inte förstörs på vägen och blir lärda
annorlunda. Ta vara på det bra och utveckla det.

Så är det dags att börja skolan. Skolmognadsprov. Barnen ska testas och de får gå i olika skolor. Det är bra om de får hjälp att utvecklas och komma vidare. Det får inte vara ett hinder för vidare utveckling.

Gymnasietiden är förbi och vi ska söka jobb. Det är svårt att ta sig in på arbetsmarknaden. Jobben är få och det gäller att skriva en bra ansökan. Vid intervjun sitter kanske tre eller fyra stycken och ska bedöma hur vi är som person. En till två timmar senare. Intervjuarna har gjort sin bedömning. Ser de hela människan framför sig. De har sina papper och fyller i med åsikter. Åsikterna stämmer de överens med personen framför dem. Har de missat något väsentligt?

Om vi inte får jobbet?

Vi går därifrån med högburet huvud. Vi måste inse vårt eget värde och vi vet att vi kommer igen. En dag ligger världen öppen för oss. Vi kommer att finna den plats som tillhör oss. Den plats vi är ämnad för. Vi måste tro på den här platsen. Alla har vi en mening i livet.

När vi blir gamla så ska vi bedömas av en biståndshandläggare? Vilka kriterier utgår de ifrån om vi ska få hjälp när vi inte orkar mer. Du är inte tillräckligt dålig, får de gamla höra. De suckar och väntar på sin plats på ett äldreboende. De äldre ska lika väl som barnen och vuxna ha ett så bra liv det går så länge de lever. Vill de ha sällskap på ålderns höst, så låt dem få det. Det måste finnas resurser i samhället. De gamla har jobbat ett helt liv. Ta inte ifrån dem livsmodet.

Vi kan inte sätta in varandra i fack. Vem har bestämt att hon eller han är på ett visst sätt. Fråga den personen det gäller, den som får åsikterna. Stämmer det med personen ifråga. Eller är det samhället som sätter upp en massa normer och försöker placera oss i olika fack. Varför gör de det? Är det lättare att vara politiker, ledare, läkare, eller människa rätt och slätt. Kan vi inte vara lite flexibla mot varandra. Vi ändrar oss hela tiden i morse var jag sur och vresig i kväll är jag nöjd och glad.

Känner vi igen oss själva? Är vi registret, eller är vi någon annan.

Hur tar man sig ur ett register?

Om vi nu av någon anledning är en av de allt fler som finns i ett register i Sverige. Hur tar vi oss ur denna påstådda anledning att vi finns där. Registren har nog kommit för att stanna. Det är bekvämt för myndigheter och samhället. Det finns regler för hur de ska handla. Förresten så sitter de säkert själva i ett register någonstans. Så länge det inte syns utanpå och det inte är synligt är det nog OK. De låtsas inte om dem. De sitter säkert och delar in resten av befolkningen i registren. De får hjälp av lärare, föräldrar och läkare. Det här är inte normalt, säger de med samstämd stämma. Vad vet de vad som är normalt. Vi är inte normala, vi är individer. Vi kan samsas och umgås med varandra ändå. Låt det finnas utrymme. Låt barnen växa upp, sätt inte in dem i olika fack från det de är små. Vi har så mycket att ge till varandra. Låt tiden ha sin gång. Vi får inte hindra utvecklingen. Visa istället på det som är bra och njut av livet. Vi är här en så kort tid här.

Istället för att skicka människor in i olika system, så ska alla få hjälp att delta i samhället. Det borde finnas en

strategi som leder in i samhället och inte till utanförskap.
Vi har plats för alla. Ge kommuner, landsting och ledare i
uppdrag att börja arbeta för ett friare samhälle. Med ett
starkt samhälle så blir landet rikt.

Är det en utopi, eller är vi alla marionetter i ett spel. Vi
kan inte göra om samhället, säger några. Ibland måste
man slåss. Det finns värden vi tror på. Vi får inte gå och
gömma oss, dra täcket över huvudet. Vi måste gå vidare
och säga vår mening. Även om vi blir nedtryckta, så
ställer vi oss upp och kommer igen. Tänk på något roligt
och lustfyllt. Gör det. Vi ger inte upp.

Låt luften smeka era armar och sinnen. Känn myllan och
hör hur träden susar och fåglarna sjunger. Simma i havet
och känn vattnet runt dina höfter. Gå i sanden och känn
hur den rinner mellan tårna. Luta ditt huvud mot ett träd
och titta upp på molnen, som tecknar sig högt uppe till
olika gubbar, landskap och sjöar.

Batteriet strejkar

- Bilen la av igår, säger John medan han tar fram kaffekopparna.
- La av, vad menar du? Emma rycker till och vänder sig mot honom.
- Det kan vara batteriet, säger John.
- Idag är det söndag och vi har inte ringt efter taxi. Jag måste komma fram i tid.

Emma känner ett tryck över bröstet. Hon sväljer hårt och säger inget mer. Kaffekoppen har hon i ena handen och går in i sovrummet. Hon tar fram flygbiljetterna. Senaste incheckning kl. 06.00 står det på biljetten. Emma tar upp hårborsten, den ligger vid spegeln och hon drar den genom det bruna håret. I går kväll var allt packat och klart. Biljetterna och passet ligger säkert i handväskan. Endast färden till Arlanda återstår, sedan sitter hon på planet till Malaga. Väninnan möter henne på flygplatsen när hon landar. Två veckor med sol, lata dagar, utflykter och spansk paella väntar.

John och Emma plockar snabbt ihop koppar och tallrikar,
ställer in smöret i kylen. Väskorna står i hallen. De tar tag
i väskorna, går ut genom dörren och låser. Emma ställer
sig utanför porten.

-	Jag går till garaget och försöker starta bilen, säger
	John.
-	Kom tillbaka, ropar Emma och ser på sina väskor.

Det är fortfarande lite skumt ute. Lyktorna sprider sitt
sken på gångvägarna och framför huset. Emma känner
sig tom. Ingen tanke korsar henne. Hon tittar först rakt
fram, sedan vänder hon blicken mot garaget. Om jag
tittar dit kanske jag får se några ljuslyktor, tänker hon. Då
är bilen på väg.

Strålkastarna lyser genom garaget. Några minuter senare
kommer ljus som blir starkare och starkare bakom
hörnan. Bilen kör fram till porten.

-	Skynda dig jag kan inte stanna motorn, ropar John.

Hon slänger in väskorna i bakluckan och så börjar färden
mot Arlanda. John kör upp på E4an norrut. Det är lite

vått på vägbanan. Några enstaka bilar kör förbi dem och
är på väg mot sina mål. John sätter på radion och några
lugna låtar som passar för morgontrötta sprider sig i
bilen. Emma lutar sig bakåt i sätet och kroppen känns
avslappnad och lugn. Det här kommer att gå bra, tänker
hon.

Bilen flyter fram. Då känner Emma ett väldigt tryck. Vad
nu? Har hon glömt att gå på toaletten före resan. Det kan
inte vara möjligt. Så här brukar det aldrig trycka på. John
kör bilen smidigt och de kommer ut på vägen mot
Uppsala. Trycket bara ökar i Emma. Hon säger med svag
röst.

- Jag måste av och kissa.
- Det går inte, vi kan inte stanna bilen, stönar John.
- Jag måste, skriker Emma. Hon känner krisen närma
  sig.

John kör in mot kanten och tvärstannar. Bilen tystnar.
Emma försvinner bakom en buske och kommer tillbaka
efter en liten stund. Hon hoppar in i framsätet och säger.

- Klart, nu kör vi.

- Vad skulle du av att göra? Nu startar inte bilen.

- Du kunde ha fixat batteriet tidigare, du visste att jag
  reser i dag!

- Vi har knappt en halvtimme på oss till
  utrikesterminalen. Kunde du inte ha kissat innan vi
  for?

- Varför stängde du av motorn?

Emma är högröd i ansiktet och stöter fram orden. Ska nu
hennes efterlängtade semester bli inställd. Det får bara
inte ske. På något sätt ska hon till Arlanda. Hon biter
ihop tänderna och tittar rakt fram.

John suckar djupt. Stänger bildörren och börjar gå fram
och tillbaka på vägen. Några bilar kör förbi. Det kommer
en grön Volvo som är på väg fram. Plötsligt går John ut i
vägbanan och viftar med båda händerna. Ingenting
händer, bilen kör förbi. När nästa bil dyker upp, stiger
John ut igen och viftar ännu mera. En Ford stannar. Två
killar sitter i bilen. De vevar ner sidorutan och John
sticker in sitt huvud.

Bildörren går upp på Forden.

- Vi har startkablar, säger en av killarna och småler. Ni
tycks behöva hjälp. När går planet?

- Klockan sju, svarar Emma.

- Då är ni ute i sista minuten. Incheckningen stänger
strax. Vart reser du?

- Till Spanien, om batteriet hade blivit fixat.

- Vi får se om det ordnar sig, säger killen.

Batteriet vill inte ladda. Killarna försöker men bilen
hostar bara till, slocknar. Minuterna går och Emma
känner hur det pirrar i magen. Hon trampar fram och
tillbaka bakom bilen. Tittar på klockan, ytterligare fem
minuter. Det är nog lika bra hon ger upp. Resan tycks
inte bli av.

- Försök nu, killen höjer rösten och tittar på John.

John försöker. Bilen hostar till, tar ett gupp och spinner
med ett härligt ljud. Emma lyssnar. Hon öppnar dörren
och hoppar in bredvid John. Bilen är inne i körbanan.
Trafiken dundrar fram i hög fart. Uppe och på väg, är
slogan som lyser om bilarna. De svänger av mot Arlanda.

Emma lutar sig åter mot sätet. Blundar och känner att nu är också hon på väg. Snart framme.

John svänger och kör ner i garaget till utrikeshallen.

- Vågar du stanna här? Emma tittar hastigt på John.
- Gå bak och hämta din väska, säger John.

Emma snubblar ur bilen. Tar några steg mot bakluckan och ser i ögonvrån när John stiger ur bilen och öppnar bakdörren. Nästa ögonblick står John med en resväska i handen och småler mot henne. Emma sätter ner sin väska på golvet och tittar med vidöppna ögon på John. Var ska han ta vägen, tänker hon. Inte har han sagt något om någon resa.

- Vi går mot incheckningen, säger John.

De tar tag i väskorna och går under tystnad några meter.

- Du fyller år i juli. John trycker Emmas hand och ögonen har skrattrynkor när de kikar på henne.
- Du ville inte resa någonstans, säger Emma.
- Pratade med chefen för några veckor sedan. Grönt ljus, vi åker.

- Det är inte sant.

- Emma tar några danssteg och kramar om John.

- Kommer vi äntligen iväg till New York.

- Det är din dröm och drömmar ska slå in.

- Resan till Spanien då?

- Jag har pratat med din väninna. Du hälsar på henne
en annan gång.

- När går planet till New York?

- Vi har gått om tid. Vi tar en kopp kaffe.

- Du din jäkel, jag som har varit på väg att ge upp.

Emma skrattar, drar ihop kavajen med en hand, ler ömt
mot John och känner att det här blir en resa som är
ämnad för henne. Varje sekund tillsammans är dyrbar.
De ska gå hand i hand på Times Square, gå på musical
och kanske titta in på Tiffany. Ströva omkring i Central
Park och titta på målningar. Sitta på en bänk i närheten
av en damm och kyssas.

Emma och John sitter i sina stolar på planet.
Flygkaptenens röst ekar i kabinen.

- Vi lyfter mot New York.

Jag blev förbannad i morse!

Varför? Jo vaknade med en kropp som värkte och sa att nu är det ute med dig. Gammal skröplig och färdig för graven. Hängde med huvudet och fick knappt i mig kaffet. Det brukade hjälpa, men inte idag. Segade mig runt i lägenheten, borstade tänderna, plockade ihop disken från igår kväll. Tittade ut genom fönstret, snön vräkte ner. Snöstorm, vad mer kunde hända idag.

Ilskan började smyga sig in i kroppen. Den bredde ut sig och skrek. Vad håller du på med? Skit i din kropp och gör det du orkar med att göra. Livet är inte slut än, du lever, gör något för dig. Lyssna inte på vad andra tycker, tänker eller vad de skriver om i tidningarna. I alla fall borde du sovra bort en hel del. Du är inte i ett kollektiv, du är du. De åren du har kvar, lev dem. Du har ett projekt på gång, boken.

Kroppen vaknade till liv, smärtorna försvann sakta, eller var det så att de var mindre viktiga. Det fanns viktigare saker att tänka på. Plockade ihop tvätten med en fart som skulle fått en tonåring att stanna upp. Sprang i snömodden till tvättstugan och tillbaka.

Boken, hur går det med den? Jo, den höll mig vid liv i våras när värk och inflammationer rusade runt i kroppen. Det projektet var stort, något jag inte ville ge upp. Ett projekt som jag gjorde för min egen skull, när människor runt omkring försvann i dimman.

Kursen i Spanien gav en energikick. Jag åkte därifrån med nya ögon. Analysering av texterna, men vad som verkligen gäller när den stora hövdingen bokförlaget ger sitt utlåtande, lämnar jag till dem. Först skriver jag vidare. Vissa dagar känns det helt omöjligt, nertryckt och helt ute och fantiserar. Hoppade ur sängen en morgon, det här flyter. Tro på dig själv. Energin tillbaka.

Vi behöver alla något eget, något specifikt för oss själva. Kanske en dröm som vi hade när vi var barn. Plocka fram den, gör den till din. Det hjälper i svåra stunder och för oss vidare. Nu när julen närmar sig delar vi med oss. En liten hälsning, ett leende, en blomma eller om vi inte har någon i närheten var snäll mot er själva.

Ilskan börjar tryta. Det är skönt att vara arg, i alla fall på sig själv. Måste rusa till tvättstugan, nästa jultvätt väntar på att få komma in i stugan.

Morfar reste till änglarna

Hissdörren var öppen, sedan drog pappa bort hissgallret som gav ifrån sig ett gnisslande kusligt ljud som ekade i Sofias öron. Sofia höll andan och tog ett kliv in i hissen. Nu stod hon hoptryckt med hela familjen på en liten yta. Hissen hoppade till och segade sig sakta uppåt. Klådan i hårbotten började som vanligt när det hände ovanliga saker. Kunde repen dra upp hissen, eller skulle de gå av på halva vägen. Huset var gammalt och hissen från stenåldern. Om en stund låg de säkert med armar och ben trasiga och blodiga på hissbotten nere i källaren. Hissen hoptryckt av fallet. Skakade inte hissen otäckt mycket?

Men hissen kom upp till sjunde våningen. Sofia blåste ut ett djupt andetag och gick fram till den vita dubbeldörren. Hon var sex år, på besök i Stockholm med två bröder, mamma och pappa. Ögonen vilade på handtaget. Då rörde sig handtaget och dörren gick upp, öppnade sig mot Sofia samtidigt med två kraftiga armar som omslöt henne. En doft av nybakade bullar, som blandade sig med

en obestämd lukt av stek i ugnen. Sofia kände värmen
från morfar, men hon ville se om allt var sig likt.
Försvann under armen som höll om henne och rusade
igenom den stora lägenheten.

Matsalen var redan färdigdukad. Sofia stannade i
dörröppningen och räknade alla stolarna. Steg närmade
sig från hallen, morfars röst fick Sofia att lyssna.

- Du och jag går ner till konditoriet och köper en
  tårta.
- Tar du käppen med, säger Sofia?
- Käppen är en gammal vän, som du. Vi tar vägen
  förbi parken, blommorna har slagit ut.

De gick hand i hand in i den blomstrande parken.
Blommorna lyste röda, gula och blå. Bina surrade runt
dem, de lekte tafatt. Sofia tittade i smyg upp på morfar.
Han hade hatt på huvudet och käppen svängde han fram
och tillbaka när han gick med stadiga steg. Benen på
morfar kände till vägen, de hade gått där många gånger,
tänkte Sofia. De rundade hörnan, caféet dök upp framför
dem.

- Samma sort som vanligt, undrar mannen bakom
  disken.

- Princes tårta, inget annat är bra nog, säger morfar.

Sofia bar hem tårtan. Det var en mycket betydelsefull
uppgift. Hon gick sakta och tittade noga i marken. Det
kanske låg en gren, eller ännu värre en stor sten som hon
skulle falla över. Tårtan först på marken och sedan hon
ovanpå. Det pirrade i magen, hon tog ett ännu stadigare
tag om tårtkartongen.

Sofia tog ut den gröna tårtan med en krona på, en kunglig
jordglob och satte på fatet bredvid kaffekopparna. Efter
maten skulle den stå mitt på matsalsbordet.

****

 På golvet i Sofias rum i Örebro låg papper huller om
buller, svarta, röda och gröna linjer, en båt, ett träd och
en sol blinkade mot Sofia. Hon drog ett extra streck över
ritningen. Då ringde telefonen. Mammas röst kvittrade in
i sovrummet.

- Morfar kommer och bor här.

-   Då kan jag visa vår park, säger Sofia.

Nu fick Sofia bråttom. Hon hällde ut alla kritorna på golvet, det skulle bli många teckningar till innan morfar anlände. Det var säkert för hennes skull han kom, de skulle göra utflykter och hon skulle visa sitt hemliga ställe, en bunker från kriget för honom. Den hade Gert, Sofias kompis tagit med henne till en dag när hon längtade efter smultron.

På söndagen efter morfar hade kommit satt bröderna och Sofia på golvet i sovrummet. Sofia tog upp en teckning, höll den hårt i handen och gick in till stora rummet. Morfar satt i soffan, hopsjunken bland kuddarna med benen långt under bordet. Sofia sträckte fram teckningen.

-   Morfar vill du titta på min fina teckning?
-   Kan du komma tillbaka om en stund jag är trött, säger morfar.

Rösten var svag och han satt med halvslutna ögon. Sofia kände ett hugg i hjärtat, hon ville visa nu men morfar såg trött ut. Hon gick in i sovrummet ritade en teckning till och väntade. Nu hade hon väntat länge nog, hon tog en teckning, stannade i dörren mot rummet. Morfar hade sjunkit ner ännu mer i soffan. Ansiktet var vitt och han andades stötvis. Det måste ha hänt någonting, tänkte Sofia och rusade mot köket där mamma och pappa satt.

- Något har hänt med morfar, ropar Sofia.

Pappa reser sig från köksbordet innan Sofia slutar prata. Bröderna kommer ut från sovrummet.

- Jag ser efter, säger pappa.

Mamma trycker ner händerna mot bordskanten och segar sig upp. Ett djupt andetag drar genom lägenheten. Pappa dunsar in i byrån i hallen, in i köket och säger.

- Morfar är sjuk, jag ringer efter ambulans. Ni får gå in i sovrummet och stanna där.
- Jag vill gå till morfar, säger Sofia.
- Inte nu!

Sofia kände sig liten. Förstod de inte att hon ville vara med morfar. Hennes vän var sjuk, nu när de skulle göra så mycket tillsammans. Det tryckte över bröstet, måste han bli frisk snart, så de kan gå till parken. Tänk om han inte ens kan gå med käpp.

En signal ljöd genom lägenheten. Flera män pratade lågmält utanför sovrumsdörren. Sofia väntade och gråten bubblade inom henne. Så öppnade pappa dörren.

- Ni kan komma ut i köket nu.
- Var är morfar, säger Sofia.
- Han har rest till änglarna, säger pappa.

Sofia kände ett mörkt moln lägga sig över bröstet. Hennes vän hade rest till änglarna och lämnat henne kvar.

Lejoninnan

Lejoninnan lämnade flocken och drog sig mot gömstället. Hon hade sett ett träd omringat av högt gräs en bra bit från flocken. Flåset hördes på savannen när hon förde sin tunga kropp framåt.

När solen hade gått ner bakom träden, låg fyra nya lejon i gräset. Två hanar och två honor. Lejonmamman diade och smekte sina ungar. Hennes uppgift var att skydda ungarna från andra rovdjur. Ungarna tryckte sig mot den stora honan. Lejoninnan la tassen hårt om dem.

Dagarna gick och hungern gjorde henne matt. Hon tittade länge ut över savannen efter ett lämpligt byte. När en zebra kom tillräckligt nära smög hon sig inpå. Fast. Strax därpå var hon tillbaka hos ungarna igen med bytet. Hon fortsatte vaka över lejonbarnen. Ungarna kände värmen och blev stilla. Boet var mjukt runt dem.

Den stora flocken av lejon nedanför boet gick lugnt omkring på savannen. Den rörde sig fram och tillbaka mellan träden, gräset och vattenhålet. Tre stora hannar var ledare för flocken. De hade kraft och styrka att hålla samman flocken.

Åtta veckor hade gått sedan lejonungarna föddes. Flocken väntade på att lejoninnan skulle komma nerför slänten med sina ungar. De andra honorna med ungar hade redan anslutit sig till gruppen. Deras lejonungar busade med varandra och följde de vuxna lejonen för att lära sig jaga.

Efter sex månader gav lejoninnan fortfarande di till sina lejonungar. Hon la tassen om ungarna, tryckte dem intill sig. De kände sig skyddade och trygga. Ungarna tittade lite då och då ner mot savannen och undrade varför flocken rörde sig bortåt. Försvann. Savannen nedanför trädet var ett böljande fält. Några dagar senare var lejonen tillbaka. Vad hade de gjort under tiden? De ville vara med. Lejoninnan la återigen tassen över dem och instinkten suddades ut hos lejonungarna.

När tre år gått började de tre ledarna i flocken känna ett hot från lejoninnans två unghanar som alltid höll till i utkanten av boet. De var nu könsmogna. Ett vrål hördes över hela savannen. Tre stora lejon hanar rusade med en fart som fick gräset mot boet att svaja rejält. Små hanarna backade bakåt. Vände på huvudet och ville krypa in till lejoninnan. Då smällde det största lejonet till de yngre så de ramlade baklänges. De små lejonen reste sig upp. Tog några steg bakom trädet. Tvekade och flydde in i skogen.

Lejonungarna började sin vandring för att hitta en egen flock. Benen svajade under dem. De hade inte lärt sig jaga och var inte smidiga nog för att fälla bytet. Såren blev större och större på kroppen av försöken. Motståndet var hårt. Kom de förbi ett djur som redan var fällt och övergivet sjönk de trötta ner bredvid. Äntligen en måltid.

Flera stora elefanter betade i gräset framför ungarna. De var torra i strupen och skinnet hängde löst efter sidorna på dem. En attack. En elefant trumpetade ljudligt och fick tag på den ena ungen med snabeln och slängde honom mot ett träd. Skadad och utan glöd låg han alldeles stilla.

Vid boet började lejoninnans unga honor gå längre och längre bort. Lejoninnan gav upp ett vrål som spred sig över hela savannen för att locka dem tillbaka. De lyssnade. Det drog i benen. Instinkten vaknade till liv. De vände på huvudet, tog några steg ner mot flocken. Då kom några lejon emot dem. Gjorde en cirkel runt dem och förde dem till flocken. Nere på savannen samlades honorna för en jakt. Lejoninnans stora ungar gick mitt bland lejonen.

Jakten på en stor giraff hade börjat. Solen hade stigit upp i horisonten. Ljuden av tunga fötter spred sig i gräset. Den torra myllan virvlade runt lejonen. Giraffen fälldes. Ett lejon hängde i halsen och några i bakbenen. Lejoninnans ungar lyckades inte komma fram. Någon större jakt hade de inte varit på tidigare. Nu kände de hoppet komma in i deras väsen. Det här var något de kunde lära sig. Stannade de kvar i gruppen så fällde de själva sin mat tillsammans med de andra honorna. De lade sig en bit ifrån bytet och väntade på sin tur att få äta.

Tiden gick och den andra unghanen fortsatte sin jakt efter byte. Ensam och utan erfarenheter tog han sig fram. En dag lyckades han fälla en gasell. Han lade sig bekvämt ner och fick ett fint mål. Efter ytterligare ett år hade han blivit kung på savannen.

Solen höll på att gå ner. Han närmade sig en stor flock. Lejonen var gamla och ostadiga. Ett långt utdraget vrål vibrerade i luften och sedan gick unglejonet till attack. Han kom fram genom träden. Framaxlarna rörde sig smidigt fram och tillbaka och blänkte gula i solen. Den stora mörka manen hängde långt ner på buken. Han tog ett språng fram och fällde den största hannen i flocken, som inte hade kraft att kämpa emot. Lejonet tillhörde nu en egen flock.

Livet fortsatte på savannen. Tre lejonungar hade hittat sin plats.

Strejk på Systemet

- En rörelse av människor sprider sig över Sverige,
  säger Gunnar som jobbar på Mars och räcker över
  kikaren till kompisen Sten.
- Låt mig se, där brukar det alltid vara lugnt och
  stilla. I Dalarna har de börjat med
  midsommarstången, säger Sten och reser sig upp.
- Köerna, ser du bilköerna på väg mot Norge och
  Tyskland?
- Varför lämnar de Sverige?

Gunnar sätter åter kikaren för ögonen och tittar ner mot
Klarabergsgatan i Stockholm. Utanför systemet kryllar
det av folk. Här behövs fokus, tänker han. Justerar ljud
och bild i kikaren och kikar ner i folkmassan.

****

Människor med sommarklänningar, blandade med ljusa
jeans och t-shirtar kommer upp från tunnelbanan med
raska steg. Tvärstopp framför systemet. Utanför står

strejkvakter i shorts med stora plakat. "Strejk på grund av för tungt jobb", står det med gröna bokstäver.

En man med stor ölmage och tunt hår puffar undan ett ungt par, trycker sig fram till strejkvakten. Slänger ut armen, skakar honom och orden kommer.

- Det här … är inte sant, tre dagar… före midsommar.

Killen sträcker på sig och höjer plakatet ännu högre upp i luften.

- Det här är vårt vapen, säger han.
- Använd det någon annanstans. Nubben till sillen är en tradition.

En dam får en armbåge i sin yviga byst, hon tar några steg åt sidan och får ett par kraftiga armar om midjan. Stå still, viskar mannen i hennes öra, ska vi ha någon chans i den här trängseln får vi gå samman. En bil kör förbi på gatan och en röst ekar ur mikrofonen. Systemet strejkar. Kvinnan känner hur det knyter sig i bröstet och utbrister.

- Jag får besök från Tyskland och USA. Vi ska fira
  svensk midsommar ihop för första gången. Det
  här är värre än regn.

En ung kille, med en blå T-shirt som det står IOGT på,
sträcker på huvudet för att synas över det böljande havet
av människor.

- Lägg av! Det här blir den bästa midsommarafton
  vi har haft i Sverige.
- Du hör inte till oss, säger kvinnan och tar fram
  stora mobilen.

Mobilerna trycks mot örat och signalerna sprider sig över
Sverige. En mobil ringer, 10 mobiler ringer. Hela
Sverige ringer. Sanningens ögonblick, alla systembolag
är stängda.

På mindre än en timme, stänger kontoren, skolorna
stänger för dagen, restaurang och verkstäder är tomma på
människor. Läkarna och sjuksköterskorna tar långa
fikapauser på akuten. Kvinnojouren tar ledigt. Utanför
bensinmackarna ringlar sig köerna flera kilometer. Killen
på macken tar betalt för bensin och korv, hårtestarna

hänger blöta ner i pannan. Köerna i Värmland är sega när bilarna kör mot Norge. Stockholmarna kommer en bit på väg. När de närmar sig södra Sverige, känns det som tuggummi.

En man vevar ner rutan och torkar svetten i pannan. Ungarna kivas i baksätet om vilken CD de ska lyssna på. Frun sitter tyst bredvid med en mun som liknar ett klädstreck. Till slut kan hon inte hålla tyst längre.

- Tänk om det är strejk i Tyskland också, säger hon.
- Det finns inga systembolag i Tyskland, väser han till svar och tutar på snigeln framför honom.

Utanför riksdagen vimlar det av skalbaggar. Tomater viner i luften och ett par har fått tag på ägg som smashar ner på riksdagstrappan. Statsministern smyger upp dörren, sedan öppnar sig dörren helt och tar emot klagovisorna. Statsministerns röst hörs genom sorlet.

- Jag kontaktar VD för Systembolaget. En lösning, finns på alla problem. Vad som händer visar sig, TV sänder ut nyheter hela dagen om strejken.

- Hur går det? När öppnar de igen?
- Systemet är i dödläge. Ingen reaktion mellan parterna. Portarna förblir stängda.

I Danmark börjar TV prata om en invasion från Sverige. Färjorna är överfulla. På hyllorna i butikerna framträder små ringar av flaskor mellan dammet. Expediterna skakar på huvudet, går längst ner i källaren och tar fram de sista flaskorna. När svenskarna kommer bunkrar de upp, i fall att. Fullastade kör de över gränsen tillbaka mot midsommaren.

****

Gunnar går sin vanliga runda på Mars, tar upp kikaren och tittar ner på jorden. Han stannar till när kikaren fokuserar på Mora och en röd liten stuga. Runt omkring i trädgårdarna, strävar majstången med vita prästkragar mot himlen.

Midsommardagen har öppnat sig med en sol som skiner över hela Sverige. Anna och Johan springer ut på gräsmattan framför den röda stugan och ropar till sig hunden Tim. Lockarna i den svarta pälsen glänser.

Syskonen tar varandra i händerna, går ner mot sjön.

Sätter sig i sanden och ritar en sol med en lång pinne med armar fria från blåmärken.

- Det har varit en bra midsommar, säger Gunnar.
- Annorlunda för många, säger Sten.

Vi ger inte upp!

Viruset attackerar. Snurrar runt i kroppen för att hitta en lämplig plats för sig och sina kompisar. Äntligen ropar ett virus, här kan vi stanna och föröka oss. Bra plats för oss att få näring. De vita blodkropparna mobiliserar sig för en motattack. Men ack, de är inte tillräckligt många. De ger upp och intar viloläge.

Svininfluensan härjar vidare. Efter fem veckor har viruset tagit herravälde över kroppen. Ingen bättring på väg. Ingen vill vara i närheten av en kropp med svinvirus. Väntan i sex veckor.

Nästa fas är att bakterierna börjar föröka sig. Kroppen får en brinnande värk som inte ger med sig. Nu måste kroppen få hjälp. Värktabletterna gör sitt intrång. Hur många? Ingen fara, ta så många du behöver. Omtöcknad, men värken håller kroppen vaken. En del sjukdomar kan man inte bota. En del kroppar känner för mycket.

Kroppen släpar sig fram, försöker få hjälp. Skickar hem kroppen. En månad med bakterier och värk som spränger sönder den. Ingen rätt diagnos. Inflammationen blommar upp, sprider sig och ser ut som en stor boll. Antibiotika.

Återhämtningsfasen börjar sakta. Tyvärr har krafterna mentalt börjat ta slut. Långvariga infektioner påverkar psyket. Det att inte veta. Det visste läkarna redan på 70-talet. För att inte tala om antikens, Hippokrates. Kropp och själ, deras gemensamma krafter är svaga, kämpar från botten. Utslagna. Uttröttade. Sakta, mycket sakta går det framåt. Febern sitter kvar. Faller tillbaka i djupet. Klättrar upp. Faller. Vad är det med kroppen? Har den inte blivit omskött på rätt sätt, eller vad. Är det slutet, hur länge till?

En timme till, ytterligare en timme. Två dagar, 3 veckor till. Håll ut. Kroppen måste gå igenom det här och komma igen. Vilopaus. Mörker runt omkring, bara vara. Väntan. Näringen börjar sakta tas upp av kroppen. Bakterierna blir färre och färre. De vita blodkropparna börjar ta över. Kroppen går på en promenad. Den mentala statusen börjar vakna. Ser sig omkring, upptäcker saker.

Sex månader har gått.

Kraften ligger och bubblar under ytan. Den vill ta världen i famn och fortsätta växa. Ge något till alla runt omkring. Orka. Livet är inte slut, influensan och bakterierna har gett vika.

Vi ger inte upp!

Kraften finns även om vi inte känner den, den vilar och ligger beredd att komma fram.

En epidemi rullar över Sverige

Nu har det hänt igen. En lavin har startat i fjällen. Det började som en liten snöboll, sakta men säkert rullade den utför backen. På vägen nerför öppnade sig himlen och ett lätt snöfall pudrade backen som var några grader varm och väntade på våren. Snöbollen la på sig ett lager av snö, den växte allteftersom färden ner mot byn ökade. Härligt med en sådan fart och vad stor jag blivit, tänkte snöbollen och rullade raskt in i en restaurang full med gäster. Gästerna tittade förvånat upp, gapade och svalde. Ett nytt fenomen hade fötts och flyttade in hos gästerna. Det var enkelt ingen gjorde något motstånd, det blev liksom en del av dem. Något så litet och harmlöst, ett nytt ord som vi kan använda i alla situationer. Härligt, äntligen något som är så enkelt att vi liksom inte behöver reflektera över betydelsen.

Skidsemestern var över och gästerna packade ihop sina prylar och spred sig över Sverige. Vi har liksom varit på semester och det var liksom det bästa vi har gjort på många år berättade de för sina vänner. På arbetsplatserna

cirkulerade berättelsen om den stora "snöbollen".
Arbetskamraterna gick hem på kvällen och berättade
liksom vidare. "Kompisen har varit i Åre och det är
liksom det bästa han har gjort". Lavinen var i rullning.

Lokalradion fick nys om fenomenet "snöbollen" ryckte ut
på stan och letade reda på några av resenärerna. Intervjun
var avklarad på fem minuter. Den gick ut i radion och var
liksom det viktigaste som hade hänt på hela vintern.
Veckan därpå satt några av resenärerna i TV-soffan och
berättade. Inbjudna var en professor och en journalist,
orden flög genom TV-rutan och TV reportern hade
liksom allting under kontroll. Alla försökte överbevisa
varandra om att det de verkligen sa var sant. I alla fall var
det den signalen som fastnade hos TV-tittarna. De
stängde av TV och drog sig mot sovrummet. Innan
lampan släcktes behövdes en liten lässtund. De slog upp
en sida i en nyutgiven bok. Första meningen började
"Liksom…

Nej, nu fick det vara nog! Läsarna stängde igen boken,
slängde jackorna över axlarna och gick ut på stan. En

kvällspromenad fick rensa luften. De hade blivit invaderade, ett litet harmlöst ord, cirkulerade i luften.

Vad betyder egentligen ordet "liksom"? Det är en konjunktion. Jaha, och när använder man det? Enligt Norstedts Svenska ordbok, typ av bindeord mellan olika satser. "Liksom" flyger omkring, förstärker och uttrycker önskningar. Kan någon förklara?

Så nu kan vi alla gå omkring och önska oss något. Inget dumt "fenomen" alls. Bara att önska på, snöbollen rullar liksom vidare.

Lilla fågel blå, mitt inre rum

Jag låg med mina blå vingar tryckta mot marken. Näbben var halvöppen och några väsande ljud kom inifrån strupen. Ovanför bland trädtopparna flög sädesärlor, bofinkar, domherrar, skator och duvor. De tjattrade och kvittrade om varandra. Tog ut en vid sväng och flög högre upp i rymden med deras starka vingar. Jag kisade upp mot dem med ett halvt öga och ville också flyga bland trädtopparna. Men hur kom man upp?

Mitt tunna lilla ben värkte, det behövde bli starkt för att kunna ta sats upp. Varifrån kom den styrkan? Körde ner vingen i stenen bredvid mig och blev halvt sittande, blinkande, längtande efter närheten till de andra fåglarna. Jag kvittrade och sjöng om mina känslor och tankar medan benet värkte. Fåglarna i skyn lyssnade. När jag fortsatte kvittra, tröttnade de. De verkade vara onåbara. Levde de ett annat liv? De behövde inte närheten till en skadad fågel. Eller var de rädda. En bofink kom och satte sig nära mig, när jag kvittrade än en gång. Jag ville visa min kärlek, men den var stum. År av otillgänglighet var som en mur. Bofinken flög upp bland trädtopparna. Jag tittade mig omkring för att se om någon annan fågel kom till mig. Ingen i närheten. Suckade. Ensam.

Jag satt på marken och tänkte på den gången när jag blev instängd i ett växthus. Vingarna bar mig fram och åter inne i växthuset. Utanför flög de andra fåglarna och ville komma in, men jag släppte inte in dem. Jag hittade inte öppningen. Den var stängd och tillbommad, jag var inte värdefull nog för att ta emot kärlek, men jag gav all min kärlek till andra fåglar. Lyssnade. De var viktiga.

Växthuset var tillbommat, men jag var tvungen att ta mig ut för att inte gå under därinne. Stoppade i mig frön, byggde en styrka. Flög med kraft mot en fönsterruta en stor spricka i glaset. Jag hämtade andan och flög återigen mot glaset. Ett litet hål öppnade sig. Jag tittade försiktigt ut och var på andra sidan. En liten gråsparv flög fram till mig och pussade mig på näbben. Värmen steg i mitt pickande hjärta. Kanske en dag, tänkte jag, kommer vi att förstå varandra.

*****

Drog vingen närmare kroppen för att hålla värmen kvar. Kylan utifrån trängde in, obarmhärtigt, nedbrytande, ensamheten, att vara ensam med att ta sig upp från marken var prövande. Gav jag upp och lyfte mot himlen? Eller stannade jag kvar? Jag ville vara uppe i skyn, men jag kände mig fastlåst vid stenen. Jag ville ge av min kärlek till alla, men det kanske var fel sätt? Jag gömde huvudet i vingen, tänkte på er som flög.

Vad nu, vad är detta! Fåglarna, de var runt omkring mig. Plötsligt och utan att jag visste hur, flög jag med starka vingar i cirkelformade rörelser uppe i skyn. Hjärtat pickade och fyllde på med stolthet, som spred sig och utvidgade sig.

 Jag kände återigen kärleken och kunde säga, jag älskar er.

Vägen framåt

Jonas öppnar en öl. Medelåldern närmar sig, suckar han fram. Utan jobb och framtid. Sjunker ner i fåtöljen och sträcker ut benen så att de nuddar mattkanten. Tar en djup klunk medan han stirrar framför sig. Rummet sluter sig runt honom. Han andas tungt. Det är nästan som ett fängelse. Två svanar flyger utanför fönstret upp mot skyn.

Jonas slumrar till och drömmer.

Sofia och Jonas är på väg till skolan. Sofia skrattar mycket när de går tillsammans. Hon är snabb och läser redan. Jonas tycker att hon är smart, han kan inte läsa än och det går sakta framåt med läsningen. Något läshuvud har du inte sa mamma, lärare och kompisar. Jonas stavar sig bokstav för bokstav genom första läseboken. En dag visar han stolt upp sin första lånebok från skolans bibliotek. Jonas slår upp boken och fastnar med blicken på en bild. Han utforskar varje kontur, de olika färgerna,

molnens höjd och personerna. Han är fascinerad och kan
inte släppa bilden. Han gömmer boken under kudden,
ifall han vaknar och vill titta i den.

Klockan slår sex. Jonas ställer stekpannan på spisen. Går
in i vardagsrummet och sätter sig framför TV. Vad är det
för mening med att man kämpar, tänker Jonas. Nu har
man fått sparken också.

Han böjer sig fram snabbt. Tar tag i armstödet och häver
sig upp ur stolen. Det osar och luktar bränt i hela rummet.
Stekpannan glöder av värmen från plattan. Av med
stekpannan. På med en kastrull med vatten. En kopp te
får vara nog i kväll.

Solstrålarna sticker honom i ögonen. Slänger täcket åt
sidan och går ut i köket. Ölburkarna ligger på
diskbänken. En del är halvdruckna och andra är inte ens
öppnade. Svårmodet öppnar sig mer och mer. Krig,
tortyr, bränder, olyckor allt forsar in i hans hjärta. Att
söka jobb är inte något han tänker på. Visserligen har han
varit till arbetsförmedlingen. Där har de bara skakat på
axlarna åt honom. Inget jobb ledigt för honom.

Då faller hans blick på en målning i hallen. En kvinna tittar från tavlan rakt mot honom. Ögonen vill honom något. Han går fram och stryker handen över tavlan. Den får liv inför hans blickar och det börjar pirra i maggropen. Vilken underbar tavla, tänker han?

Jonas letar efter väskan. Hittar den i ett hörn och öppnar den. I den ligger ett staffli och penslar. Gröna, svarta, blå och andra färger ligger i botten på väskan. Han klämmer på dem med tummen och pekfingret. De är hårda, torra och utan någon färglukt. Jonas slänger färgerna åt sidan och går ut i köket. Så ändrar han sig, tar på sig jackan och går ut på torget. Nu ska han köpa färg.

Ute på torget är torghandeln i full gång. Röda tomater, gröna äpplen, apelsiner, gurkor och paprikor i olika färger lyser från ett stånd. Ståndet bredvid visar upp alla vårens blommor. Köerna ringlar sig fram till kassorna. I solen sitter gubbarna i mörka kläder på bänkarna och diskuterar. Jonas går mellan parkbänkarna och stånden.

Vad tror han egentligen? Inte är målning något som han kan börja med. Det är bara en dröm som han har. Han försöker fästa blicken i alla människor som rör sig omkring honom. Vänder och går in på caféet som ligger på torget. Han slår sig ner vid ett bord nära fönstret.

Närvaron av en person alldeles intill honom känns stark. Han lyfter blicken. En kvinna runt 30, brunett och med ett fint leende står några steg bort. Hon tittar nyfiket på Jonas.

- Får jag slå mig ner, säger hon.
- Visst, säger Jonas och sträcker på ryggen.

Hon beställer in en kopp kaffe och drar den ena armen ut ur jackan. Den andra armen följer efter och sedan hänger hon jackan över stolsryggen. Den är mörkt blå och den gnistrar i ögonen på Jonas.

- Vilken underbar blå färg, utbrister Jonas.
- Är du intresserad av färger. Viktoria tittar roat på Jonas.
- Jag, var på väg för att köpa färg till en tavla, men ångrade mig.
- Vi kan gå tillsammans.

Jonas plockar upp en färg i taget med mjuka fingrar och lägger dem på köksbordet. Börjar med de mörkaste färgerna och i slutet på raden ligger en krämvit färg. Staffliet kommer fram. Tar penseln och målar med stora penseldrag.

Tavlan utstrålar ett virrvarr. Likt en kosmisk jordglob som rör sig i ett stort mörker. Jonas panna är blöt av svett och en droppe faller ner på penseln.

De följande dagarna och nätterna står han framför staffliet ända tills armen värker av trötthet. Han sjunker ner i stolen. Sömnen tar tag i honom. Han vaknar ofta med ett ryck och sträcker sig åter efter penseln och målar nya tavlor. Rummet doftar av färger blandat med sopor och gamla matrester. Disken på köksbänken blir högre och högre. Skjortan luktar svett och gamla färgfläckar försvinner in i tyget.

En dag vaknar Jonas upp ur sin trance. Plockar fram rakapparaten som har hamnat i soffan och rakar sig. Tar på sig en ren skjorta och går ner till caféet. Han sätter sig vid fönsterbordet.

-      Får jag sätta mig här, hörs en röst.

Rösten får Jonas att känna små ilningar i kroppen. Han kan inte missta sig. Rösten har manat honom i en vecka att måla. Måla tills du vaknar ur det förgångna. Den har uppmanat och fört honom framåt. Vid varje nederlag, börjar han ett nytt verk.

-      Hur går det med målningarna, säger Viktoria.
-      Kom och titta, svarar Jonas.

Jonas och Viktoria går med små korta steg till lägenheten. Doften av sopor slår emot dem när de öppnar dörren. Viktorias ansikte är slätt och ögonen letar efter målningarna. Runt väggarna står de uppställda. Hon börjar titta längs till höger. De är mörka, oroliga och förebådar en katastrof. Hon går till nästa tavla och nästa.

Så börjar ett leende sakta smyga sig in i hennes ansikte. Tavlorna börjar få en ljusare färg. Det blir liv och rörelse. De andas och utstrålar en säkerhet. Jonas har funnit sina färger. Harmonin i dem är träffande.

I röran på köksbänken hittar Viktoria några kaffekoppar.
Kaffet kokar. De tar undan filten i soffan och sätter sig.
Oredan i rummet sjunker undan. Det finns bara de två
och tavlorna. De ser en strand, blå himmel, fräsande hav
och en målning av en ung kvinna som står mitt på
stranden. Det lyser och sprakar om tavlan.

Jonas och Viktoria är på väg till ett Galleri på
Hornsgatan. De öppnar dörren med nyckeln och går in.
Champagnen står innanför dörren. På väggarna hänger
Jonas senaste tavlor. Klockan 10.00 öppnar invigningen.
De är spända och fumlar lite med de höga glasen.
Glädjen som sitter i kroppen är på väg att spricka. Jonas
sätter handen över hakan och blundar.

Dörren öppnas. Två par stiger in i Galleriet. Tittar på
tavlorna. Munnen öppnar sig. De backar en bit bakåt och
tittar igen. Det kommer något inifrån tavlorna och ut till
betraktaren. Personerna och naturen i tavlorna får liv.
Besökarna faller djupt in i målningarna. Tavlorna etsar
sig in i minnet.

Vid dagens slut sitter Jonas och Viktoria på en stol i galleriet. De är rödblommiga i ansiktet och pratar med låga röster. Viktoria ler och lägger sin hand på Jonas hand.

- Du har nått ditt mål, säger hon.
- Det har varit en lång väg framåt, säger Jonas.

Jonas kramar Viktorias hand.

Jonas

Jonas far upp ur sängen, fötterna hamnar i en våt pöl.
Han ser soffan i vardagsrummet fullt med ölburkar. Vad
hände igår? Varför har han druckit så många öl? Minnet
börjar sakta komma tillbaka. Viktoria, hon har åkt på
semester med sin tidigare pojkvän. Vad har jag gjort för
fel, tänker han sorgset. Hon är den kvinna som fått
honom upp ur mörkret. Visat honom vägen till hans
innersta väsen. Varför har jag inte tagit med henne ut på
något roligt? Något de kan skratta och uppleva
tillsammans. Han har tagit emot hennes värme och känsla
för honom men vad har han gett tillbaka. Hans tidigare
förhållanden har inte heller hållit så länge. Har han en
egen del i att det inte blir något varaktigt? Jonas känner
sig instängd i en mörk grotta. Ska hans dröm försvinna,
ateljén och Viktoria försvinner som i en dimma.

Jonas gäspar, ruskar på huvudet och sätter på kaffet. Hela
hösten har Viktoria och han burit tavlor till Galleriet på
Hornsgatan. Visst har Viktoria och han sålt många tavlor,

men de har inte vågat ta ut så högt pris. De har gått försiktigt fram, hellre många sålda tavlor än ingen alls har de sagt till varandra. Inkomsterna lär väl komma.

Jonas känner sig plötsligt mycket mjuk och ansiktet lyser. Viktoria, han ringer till Viktoria. Han ska i alla fall tala om för henne hur mycket hon betyder för honom. Han tappar inte ansiktet som de säger, för att han säger det han känner. Bröstet trycker, något måste komma ut. Det sitter inom honom. Ölburkarna åker ner i soppåsen, glasen bär han ut i disken. Dammsugaren kommer fram och han kör vilt in i väggar och möbler med den när han far fram. Jag kan lika gärna ta golvet också, säger han högt och hämtar en hink.

Lägenheten skiner. Jonas tar telefonen och ringer.

Inget svar. Jonas står helt stilla i rummet, blicken söker igenom lägenheten. Tar ett steg, ett steg till. Stannar framför den största målarduken som finns i lägenheten. Igår hade han köpt härliga blå och gröna färger till tavlan. De ligger på ett smalt bord bredvid. Penslarna ligger på rad. Det börjar rycka i en muskel i Jonas ansikte.

Ytterligare ett steg fram och handen lyfter penseln i luften. Dyker ner i färgen, penseln rör sig över duken. Han faller i trance. Glömmer världen utanför och målar. En tanke dyker upp, den här tavlan ska han ge till Viktoria. Jag målar för Viktoria. Nu när jag har hittat min talang, ger jag inte upp. Bara att måla. Så faller Jonas in i tavlan, den breder ut sig. Hav och båtar stiger upp ur tavlan.

Skjortan är blöt. Jonas slänger av sig den och går in i duschen. Värmen sprider sig över och in i huden. Han börjar sjunga, först "Internationalen" sedan går han över till "Du gamla du fria". Allt får plats tänker han nöjd. På med lite Eau de Toilette, doft av bergamott och malört sprider sig i rummet. Jonas tar fram en grön skjorta ur garderoben, mannen i honom kommer fram. Medelåldern kanske inte är så dålig i alla fall. Måleri är en känsla som flödar. Han har något som är hans. Det kan ingen ta ifrån honom. Även om han saknar Viktoria så är han något själv. Kaffet kokar, då ringer telefonen.

- Hej, Viktoria här, jag kom hem från semestern igår.

- Jag har saknat dig, samtidigt är jag ledsen för att
du åkte, säger Jonas.

När han har sagt det han känt i en vecka släpper
spänningen över bröstet, det sjunker ihop intar ett
viloläge.

- Vi hade en del att göra upp om, men nu är
förhållandet med min förre pojkvän helt slut. Har
du middagen färdig?
- Ska man tro på det, Jonas sätter handen över
pannan.
- Har du glömt, vi bestämde ju att träffas? Viktoria
höjer tonen frågande.
- Jag springer ner till konditoriet på torget och
köper en smörgåstårta. Det var lite turbulent här
igår.
- Jag är hos dig om en timme. Vad hände igår?
- Strunt i det, jag har något att visa dig.

Jonas går stadigt över torget och axlarna rör sig i takt.
Torghandlarna lyfter undan den ena kartongen med
apelsiner, tomater och paprikor efter varandra och lastar

på bilarna. Blomsterhandlaren har endast några hinkar med röda rosor kvar på bordet. Jonas springer fram till blomsterkillen och rycker åt sig en bukett röda rosor som böjer sina huvuden för Jonas.

Han öppnar dörren till konditoriet och tittar på den tomma disken.

- Vi stänger nu säger flickan i kassan och kniper med munnen.
- Har ni ingenting kvar? Smörgåstårta, flämtar Jonas.
- Jag kollar bakom disken. Hon försvinner ut i köket.
- En smörgåsstubbe går det bra?

Jonas sträcker fram handen, tar tag i kartongen och hivar fram en sedel ur fickan. Han trycker paketen hårt mot sidan. Det knirrar under fötterna när han går mot lägenheten och blåsten biter i kinderna.

- Vad var det nu som hände igår, säger Victoria och småler mot Jonas när hon kommer in genom dörren.

- Jag trodde att du inte skulle komma tillbaka.
  Paniken kom rusande så jag drack en del.
- Men du sa att du hade något att visa mig, menar
  du tavlan på staffliet?
- Ja, jag målade en tavla till dig. När du inte var här
  insåg jag hur mycket du betyder för mig.

Viktoria ser att Jonas har funnit svaret inom sig. Det han
är bra på kommer inifrån och visar sig för världen genom
tavlan.

- Du har en styrka i dig, säger Viktoria och slår ut
  med armarna.

Jonas och Viktoria sätter sig i soffan i vardagsrummet.
Ljusen på bordet skiner och fångar upp den röda färgen i
de halvfulla glasen. Rosorna är rödblodiga, ståtliga i den
gröna vasen. En varsin smörgåsbit full med räkor och lax.
Jonas tar en stor tugga, trycker sig lite lekfullt mot
Viktoria och känner värmen som sprider sig till honom.
Det här är det bästa slutet på året man kan få, tänker
Jonas. Ett nytt år tar sin början och vad det för med sig
vet han inte säkert. Men det betyder ett fritt arbete, en

dröm som för honom in på rätt väg och ett liv med
Viktoria.

Vinet och de många räkorna får Viktoria att bli mjuk och
hon sjunker djupt ner i soffan. Viktorias huvud faller ner
mot Jonas axel, hon slumrar in.

- Gott Nytt År, säger Jonas och skakar lätt på
  Viktoria.
- Gott Nytt År, Viktoria höjer glaset och tillägger,
  nu går vi in i ett annat decennium.
- Det är vårt decennium.
- Du har rätt, det är decenniet som är till för oss
  alla. Vår väg har öppnat sig, en platå där vi kan
  fortsätta vår väg framåt.

Tomtens julsaga

- Vad är julen utan oss, tomtefar knuffar till tomtemor?
- Julaftonen, Jesusbarnet i krubban och tomtar hör ihop.
- Vi får skynda på med julklapparna, ingen får bli utan.
- Jag skållar mandeln till gröten. Den som får mandeln gifter sig nästa år.
- Vi har några ogifta ungdomar i byn. Bröllop till våren, det ordnar vi.
- Jag tror förresten att jag lägger i två mandlar. Då blir det dubbelbröllop.

Tomtefar drar i julpappret så att det frasar. Skär av papperet med en vass kniv. Lägger det på bänken och sätter en 5-liters gryta ovanpå. Drar ihop papperet om den och virar ett rött band med stjärnor som glittrar runt omkring. En fin etikett av tomtemor fäster han i sidan på paketet och skriver, till mor Elna i byn. Hela byn ska fira julaftonen i det största huset. Det är något som de gör varje julafton. Men i år är det något alldeles speciellt. Prästen kommer klockan tre. Lite psalmsång och så dopet för lilla Maria, som är tre månader gammal. Det har tisslats och pratats i byn i flera veckor. Alla undrar när Maria ska döpas. Tomtefar har lyssnat bakom knuten hos mor Elna. Nu vet han besked och berättar för tomtemor.

- Den här grytan blir bra som dopfond för Maria. Efteråt häller vi glöggen i den.
- Russin och mandel står på spisen.

Tomtemor har röda spisrosor på kinderna. Rör i risgrynsgröten med en kraftig arm. Runt, runt går sleven. Hon kikar ut genom fönstret. Ingen kommer gående i den djupa snön. Två mandlar gömmer sig i gröten. Tomtemor fnyser och säger.

- Tvillingarna Eva och Johanna kommer hem till jul.
- Vågar de sig hem, de stack när deras far gick i konkurs.
- De tänker visst köpa tillbaka gården.

-    Ja, förfallet är stort men där behövs kraft.

Klockan i bykyrkan slår två. I utkanten av byn ligger det grå timrade huset. I fönstret hänger bleka gardiner och en gardinstång har ramlat ner. En sjuarmad ljusstake. Den står i fönstret mot gatan. Lyser och sprakar och slänger sina strålar ner mot snön. Emil och John går gatan fram. Stannar. Emil stänger till munnen hårt för att inte släppa fram jublet inom honom. Den här dagen har han väntat på i två år. Eva är tillbaka. Han drar i kepsen och tittar mot det trötta huset. John känner en rusning som sprider sig från tårna upp till hjärtat. Johanna är hemma. Båda killarna ökar takten och kommer ifatt lilla Marias mamma på väg mot mor Elnas hus. Elna står i dörren och tar emot. Rummet fylls. Mitt i rummet står den stora julgranen. Under den ligger några röda, gröna, blå paket och några med tomtar på.

I det timrade huset går Eva och Johanna. Eva stryker med handen över bokhyllan, dammet rasar ner på golvet. Hon tittar stumt på högen som bildas vid hennes fötter. Vad har hänt med hennes barndomshem? Det är tomt, sterilt och öde, ingen värmande hand har satt sin prägel på

hemmet de sista åren. Hon böjer sig ner och tar upp en
julduk från resväskan och lägger på bokhyllan. För några
år sedan ljöd här av röster och värmen från familjen och
de som bodde i byn cirkulerade i alla rummen. En tår
trillar ner på golvet. Saknaden gör henne darrig.
Konkursen förstörde hennes familj och många andra i
byn. Nu är hon och Johanna ensamma kvar i familjen.
Eva sjunker ner på en pinnstol. Idag är det julafton, en
dag när man känner glädje och frid. Det sorgliga får hon
hålla ifrån sig. En armslängd bort. Där hör det hemma.
Det gör henne starkare. Ett leende sprider sig i Evas
ansikte, hon vänder sig mot Johanna.

- Tar du den röda tröjan, Eva slänger en blick på
  sängen. Den ger glädje och julkänsla.
- Det har du rätt i den röda får det bli, säger
  Johanna.
- Då tar jag den julgröna, skogens färg.

På trägolvet i stora rummet står hela byn tätt samlad.
Dörren öppnas och prästen kommer in. Den svarta
kappan är full av snöflingor. Går fram till den stora
grytan, som står mitt på golvet. ”Ett barn är fött på denna

dag," ljuder genom rummet. Lilla Maria får vatten på huvudet och skriker in julen. Grytan bärs ut i köket. In kommer grytan igen. Denna gång ångar grytan med örter och glögg som sprider sig till alla i rummet.

Dörren knirrar till. I dörröppningen står Eva och Johanna. I handen håller de varsitt ljus. Gubbarna tappar hakan. Emil går med bestämda steg fram till flickorna. John kommer några steg bakom. Gästerna samlas tätt inpå flickorna och dunkar Eva och Johanna lätt på ryggen. De är förlåtna. Nu är de tillbaka i byn.

Julgröten står på det avlånga bordet. Mor Elna pustar och säger att som de vet har tomtemor och tomtefar kommit med gröten. Alla runt bordet nickar i samförstånd. Så brukar det alltid gå till på julaftonen. Skålen vandrar runt. Alla sitter tysta och så tar mor Elna första skeden. Alla runt bordet lyfter sina skedar och så åker gröten in i munnen.

- Jag har fått mandeln, ropar Eva och ställer sig upp.
- Giftermål i vår, utbrister Elna.

- Jag har också en mandel, Johanna ställer sig upp.
- Vi brukar aldrig ha två mandlar, ropar de runt bordet.

Emil rusar fram till Eva, slänger sig om hennes hals och ropar.

- Äntligen är du här, vad sägs om bröllop.

Eva hoppar till och svarar ja direkt. Hon behöver ingen betänketid. Sedan hon gick i första klass har hon suttit och tittat på Emils nacke. Nu krullar sig Emils lugg ner mot ögonen och armarna ligger hårt om henne.

John ser hela scenen från sidan. Hoppar upp från stolen. Sätter sig på knä framför Johanna, tar hennes hand och säger.

- Här har du mig, vi gifter oss.
- Ja, jag har längtat efter dig i två år.

Tomtefar och tomtemor står vid knuten nära fönstret. Andetagen för bort frosten från rutan. En stor julscen öppnar sig inför deras ögon. Julaftonens känsla av lycka

och harmoni. Denna julafton firar hela byn en annorlunda
jul.

Maria är döpt och två mandlar hamnade rätt. Vilken
julafton.

Rosornas krig

Trädgårdsmästarens rygg var böjd, han stötte till rosorna
när han gick emellan dem. Kniven han höll i handen
darrade lätt när han skulle ta sticklingar från rosorna.
Våren hade anlänt. Snart skulle hela trädgården blomstra
och lysa upp den botaniska trädgården med många olika
färger. Turisterna skulle komma i stora grupper och hela
trädgården vara full av steg.

Rösterna spred sig i trädgården. Kamerorna togs fram
och besökarna nickade mot varandra. Det här var en
ljuvlig trädgård. Blommorna strålade och doftade mot
dem. Solen värmde gott mitt i sommaren.

Hösten närmade sig och trädgårdsmästaren gick runt i
rabatterna.

 Vart hade alla år tagit vägen? Trädgårdsmästaren strök
med handen över en engelsk ros. ”Othello” var mörkt
blodröd och böjde sig mot marken. Han drog axlarna
bakåt och tittade ut över blomsterrabatten. Den rosa rosen
”Belle Amour”, ”Ingrid Bergman” som var mörkröd och

”Karen Blixen” som var vit hängde med sina blommor.
Han hade tagit väl hand om blommorna under många år.
Många dagar hade han lagt ner på att skriva rätt etikett
med namn och egenskaper för varje ros och satt fast dem
på rosorna. Till våren skulle de knoppas och sedan
spricka ut i ett blomsterhav. Nu var den här säsongen till
ända.

Vinden blåste upp och rosorna började viska till
varandra.

- Jag har stått på den här platsen i många år och
  alltid varit blodröd, sa ”Othello”.

”Drottning Silvia” en svagt rosa rabattros höjde rösten
och sa:

- Jag blir endast 70 cm hög och jag har alltid
  längtat efter att bli längre och ha en starkare doft.

På andra sidan gången vaknade ”Paul McCartney” bland
de storblommiga rabattrosorna till liv och utbrast:

- Jag vill sprida glädje i zon IV och V och jag kan
  gärna vara en svart ros istället för en mörkrosa.

"Belle Amour" från Alba-gruppens buskar sträckte på sina rosa rosor som ännu inte fallit till marken.

- Längden hos mig är ståtlig men jag har alltid längtat efter att få blomma tidigare på sommaren.

Vinden tog i ytterligare och blommorna svajade fram och tillbaka. De kom så nära varandra att de piskade på varandra, slog grenarna om varandra och en del grenar knäcktes av vinden. "Ingrid Bergman" fick ett slag och hela busken knäcktes. Rosrabatterna såg ut som ett slagfält. Kriget hade brutit ut mellan rosorna. Ingen var nöjd och alla ville något annat.

Vintern kom och snön singlade ner från himlen som stjärnor. Blomsterrabatterna låg inbäddade under snön. Kriget hade tystnat och freden hade slutits. Uppgörelsen om freden skulle träda i kraft under sommaren.

Till våren kom trädgårdsmästaren tillbaka till sin botaniska trädgård. Björkens löv var som musöron och det var dags att beskära rosorna. Han tittade sig omkring och fann att rosbuskarna inte utstrålade samma

egenskaper som de alltid gjort. Han visste inte riktigt vad
det berodde på utan satte sig på en pall och funderade.

- Jag ser förstås inte lika bra som tidigare, mumlade
   han.

 Glasögonen ramlade i backen. Han tog upp dem och
putsade dem ihärdigt. Bara genom att titta på grenarna
hade han kunnat placera etiketterna på rätt ros. Han hade
gjort så i decennier.

I mitten av juli kommer trädgårdsmästaren för att vattna
rosbuskarna. Blomningen är i full gång. Rosorna prunkar
i alla färger. Han stannar till framför "Drottning Silvia"
och munnen öppnar sig och blir hängande. En stark doft
sprider sig från rosen och hon har växt ytterligare 50 cm.

- Jag har aldrig sett den rosen så hög tänker
   trädgårdsmästaren.

 Han vänder på huvudet och får syn på "Paul
McCartney", den blommar med mörkröda rosenblad
nästan svarta. Den storblommiga vita rabatten "Karen
Blixen" lyser nu mörkröd som en "Isabella Rossellini".

Trädgårdsmästaren slår ut med armarna, tittar på etiketterna. Det här stämmer inte alls i år. Vad har hänt med rosorna?

Vinden blåser över trädgården och "Paul McCartney" viskar till "Drottning Silvia".

- Det är underbart att vara mörkröd, ingen skall sätta en etikett på mig någon mer gång.
- Vi är formbara och ändrar oss, "Drottning Silvia" blåser iväg ett blomblad som är korallrött.

ÖVERFALLET

Juan tittar hastigt upp på den grå fasaden, fortsätter runt
hörnet med lätta och stadiga steg på den asfalterade
gångbanan. *Husen strävar högre än de är byggda för, jag
vill nå toppen, kommer jag någonsin dit eller stannar jag
på halva vägen. Äsch, en dag ramlar något över mig och
jag vet min väg.* Armarna svänger lätt efter sidorna. Ett
mummel hörs bakom honom, en högre röst tar
kommandot. Flera steg, trampet av skor ökar, kommer
närmare. Juan vänder på huvudet och ser flera killar i
tonåren, de springer. En instinkt vaknar till liv, säger
spring för helvete och Juan börjar springa. Backen lutar
svagt uppåt, andetagen hänger inte med. Bröstet
spränger, varför har han inte tränat mer på gymmet?
Gänget som härjar i området är grova och de tar vad de
behöver. Då känner han det, en stor tyngd på ryggen och
armar runt halsen. Benen klarar inte att stå upprätt. Han
faller… faller… faller… handlöst ner i asfalten med
huvudet före. Blixtrar korsar varandra. *Är de inne i*

huvudet, eller utanför? Händer söker över hela hans
kropp. *De gräver i mina fickor, någon drar av mig
skorna, vad vill de?* Något varmt rinner ner för ögonen.
Juan blinkar flera gånger för att kunna se killarna.
Händerna är borta, tyst runtomkring. Juan känner en
varm kladdig vätska som fastnar i byxbenet. Sedan blir
allt svart.

Det dunkar i tinningen. Juan försöker öppna ögonen,
inget ljus hittar in. Han drar fram ena armen som han
ligger på och drar sakta i ögonlocken. En smärta drar
igenom halva ansiktet och tonar bort. Drar upp benen, rör
sig med små rörelser uppåt. Han sitter stilla och lyssnar.
Inga ljud i närheten. Efter några minuter i samma
ställning hör han en hund skälla längre bort på
gångvägen. Kvällspromenad, tänker han och biter ihop
tänderna, smaken av blod gör honom arg. *Jag undrar vad
de tänker med, känner de aldrig smärta, eller försöker de
slänga sin smärta på andra.* Vad har ungdomarna för sig,
har de inget bättre att hitta på. De är bara några år yngre
än han.

- Satan också, det här går jag inte med på, säger
  han högt.
- Varför sitter du där, säger en grov röst framför
  honom.

Juan känner en sträv tunga mot sin kind, en varm
andedräkt och något mjukt som puffar honom i sidan.
Han lyfter ena armen och trycker en mjuk päls mot
kinden. En hand tar tag i hans hand och drar sakta upp
honom från trottoaren. Juan vinglar till, står stilla och
tittar på en man med stor mage och runt ansikte som tittar
bekymrat på honom. *Var kommer han ifrån?* Ett djupt
andetag, Juan blåser ut och säger.

- Några ungdomar … har visst för lite… att göra.

Rösten har en djup och arg klang som hackar ur hans
strupe. Det gurglar inom honom. Ilskan hittar en väg ut.
Den ska ut, den som kommer i hans väg, ska höra hans
ilska. Det här är inte rätt. Benet känns varmt och klibbigt.
Juan lyfter upp byxbenet. Ett hack efter en kniv. Mannen
pekar mot benet och säger.

- Du behöver kanske sys, säger han och gnuggar
  sig på hakan där skäggstubben är flera dagar
  gammal.
- För tusan, det här är kriminellt, säger Juan och
  drar ner byxbenet över såret.
- Vi behöver fixa till det här, jag hjälper dig hem.
- Jag bor med min mamma i nästa höghus.

Mannen trycker sin kraftiga arm under Juans och drar
honom mot porten. Han öppnar dörren och de går under
tystnad in i hissen. Den äldre mannen, hunden och Juan.
Det knirrar till och hissen stannar på sjunde våningen.
Juan öppnar dörren och de kommer in i en mörk hall. Till
höger hänger en svart damkappa och några kängor står på
golvet.

- Jag är hemma, ropar Juan.

En skugga i det mörka rummet, en doft av oregano slår
emot dem. TV står på med ett svagt ljud, persiennerna är
nerdragna. Juan sträcker sig efter ljusknappen och tänder.
Maria sitter i soffan, vänder på huvudet och stirrar på de
blodiga byxorna.

-   Vad har du gjort? Och vem är han, hon pekar på
    mannen.

-   Äh, ett gäng tog miste på mig och någon annan.
    Jag fick hjälp hem.

-   Svenska ungdomar.

Rösten är trött och svenskan hackar. Maria stryker det
mörka håret bort från ansiktet, tar av sig den blommiga
sjalen som ligger runt hennes axlar. Juan tittar på henne,
hon är trött, en trötthet som har hängt i lägenheten de
senaste två åren, sedan pappan dog. Ett slag för Maria
som aldrig känt sig hemma i det nya landet. *En dag gör
jag mig fri och lever mitt liv, snart suckar det i honom.*
Han är fast, vill komma vidare, men han hör hemma hos
Maria. Hon behöver honom, hon släpper inte taget om
honom.

-   Vilka de än är ska jag ge igen.

Juan tar några steg in i rummet, slår näven hårt i bordet
och dimper ner på stolen. Huvudet känns som en stor
ballong, tankarna far fram och tillbaka. Han försöker

sortera dem, till slut cirkulerar endast en tanke. Det här
kommer ingen undan med. Han ska leta reda på gänget.

Bengt, säger mannen och nickar mot Maria, pekar på
blodet som rinner ner på Juans skor. Han går mot köket
samtidigt som han säger.

- 	Gänget i området har kopplingar till öststaterna.

Maria tar sats, kommer upp ur soffan och följer efter
Bengt. Hon plockar fram en rostfri bunke och häller i
ljummet vatten. Hämtar en ren handduk, en elastisk
binda, en sax och går med tunga steg mot Juan. Utan att
blinka klipper hon av byxbenet. Juan lutar huvudet bakåt,
försöker trycka ner ilskan. Maria och Bengt pratar
lågmält med varandra. Deras röster låter som musik, som
svävar runt i rummet. Rösterna vibrerar och hittar in i
hans mörbultade kropp. En slick på handen som hänger
ner från stolen. Det trötta svullna ögat faller ihop och han
svävar bort till en annan planet.

Juan sticker in armen i jackärmen och tänker precis öppna dörren då ljuder dörrklockan. I dörröppningen står Bengt och håller fram en bukett med tussilago. Han skrattar och räcker dem till Juan.

- Till dig och Maria, ni behöver en puff tror jag.
- Tänkte precis gå ut och slå någon på käften.
- Ingen bra idé, ta hunden Jojo på en promenad istället.

En mild vind blåser bort den mörka luggen, ett par bruna ögon letar runt husen. En viss tillfredställelse känner Juan när han går med raska steg, backe upp, in mellan husen och tittar upp mot balkongerna för att se en skymt av gänget. Jojo viftar lätt på svansen och viker inte från hans sida. Juan böjer sig ner plockar upp en pinne. Jojo efter i full fart, han är nästan lika stor som en schäfer, muskulös och snabb. Juan börjar gå nerför backen och säger högt.

- Vi går ner mot villorna, gänget kanske har dragit sig dit.

Ett stort villasamhälle breder ut sig nedanför backen. Juan tittar in genom ett köksfönster, hela familjen står vid spisen och förbereder kvällsmaten. Han drar i kopplet och går vidare i villaområdet. De röda husen och trädgårdarna ligger tyst och stilla, några blommor vajar när han går förbi.

Ett vrål. Det skär i öronen, det ekar och böljar fram som en tornado. Jojo stannar tvärt. Juan försöker väja för hunden, börjar falla framåt. Han får upp balansen igen och stirrar mot ett vitt hus längre ner på gatan. I trädgården springer en kvinna omkring i morgonrock, håret hänger för ansiktet i tovor. Juan börjar springa mot trädgården, Jojo är några steg före. Öppnar grinden och ropar högt till kvinnan. Kvinnan stannar till framför Juan, ögonen virrar runt Juan. Hon kan inte vara mer än 40 år, tänker Juan och slår ut med armarna mot henne. Han står på gräsmattan i en främmande trädgård och i hans famn känner han mjuka bröst mot sitt bröst och en varm andedräkt mot sin kind. Juan försöker lätta lite på armarna runt kvinnan, då trycker hon sig ännu närmare. Värmen från kropparna cirkulerar. Juan står stilla ännu en stund med kvinnan i sina armar. Sedan lossar han armarna runt henne. Kvinnan tar ett steg bakåt, vänder och springer mot dörren. Dörren slår igen med en smäll. I villan bredvid öppnar en karl dörren, stirrar på Juan och öppnar munnen.

- Vad gör du här, försvinn! Stanna där du hör hemma.

Ännu en dörr som slår igen med en hård smäll.

Stegen uppför backen går inte lika lätt. Jojo följer efter honom, tungan hänger ut. Juan muttrar hela tiden om ohyfsade karlar. Varför tar han inte hand om grannkvinnan istället för att skrika på Juan? Att hon inte mår bra kan vem som helst se. För tusan, han är ute efter gänget, nu får han sluta tänka på kvinnan. Hon har säkert någon som hjälper henne. Ett slagsmål där han får klå upp ledaren är vad han behöver. Juan drar i kopplet för att få Jojo att gå jämsides med honom. Backen planar ut och det första höghuset ligger på höger sida. Jojo tvärnitar mitt i promenaden. Sätter sig på bakbenen och vädrar i luften. Mellan två höghus på gångbanan står flera killar och röker. En kille i svart kort jacka är längre

och kraftigare än de andra i gänget. Killen, drar ett bloss
på cigaretten. Läpparna är smala och ögonen kalla. Ännu
ett bloss, tatueringen av en dödskalle syns på handen.
Juan tar tag i kopplet och går med höjt huvud närmare
killarna. Granskar dem uppifrån och ner. Drar upp
axlarna och stirrar rakt i ögonen på den kraftiga killen.

- Vad gör du ute med den där lilla, säger killen och
  pekar på Jojo.
- Är det ni som går och slår ner folk?

Juan går sakta på sidan om klungan, utan att göra en min
av att stanna. Den tatuerade närmar sig Juan. De andra
står stilla. Ett högt morrande, vita tänder och raggen rakt
upp.

- Håll i hunden, tänderna ser vassa ut, säger han
  med hög röst.
- Han bet ihjäl en hund förra veckan.
- Hunden borde inte få finnas i området.
- Jag säger detsamma, ni kan dra någon annanstans.

Den kraftiga killen släpper cigaretten på trottoaren och
smular sönder den med träningsskon. Går förbi Jojo som

morrar ännu högre. De droppar av, som om de vore en orm på fel plats. Förvånad fortsätter Juan fram till porten, spottar och suckar. *En annan gång ska jag göra upp med dem.*

Två dagar senare. Juan ropar på Jojo och börjar promenera ner mot villaområdet. Han vill ta reda på hur det är med kvinnan, hon är kanske ute i trädgården. Solen glittrar i fasaden när han närmar sig villan. Juan går in mot gräskanten och Jojo nosar i gräset. En dörr går upp och i dörröppningen står kvinnan, dragen är mer samlade, ryggen lite rakare. Hon höjer handen och ropar.

- Jag dricker precis kaffe, vill du ha?
- Har du bullar?
- Från frysen, kom, säger hon och går in i villan.

Köket är stort, vitt och välkomnande med ett stort vitt bord och en blå kristallvas mitt på. Maj pekar mot stolen och säger.

- Jag är helt slut, min man är otrogen. En konstig kvinna ringer hit hela tiden.

Juan kastar en blick in i stora rummet, en tornado har dragit fram, kläder och tavlor ligger om varandra på golvet. Glasskärvor mitt på golvet och på sidan en halv vas. Maj nickar.

- Min andra man, en idiot till.
- Ja, ibland är det kaos. Förra veckan blev jag nerslagen.
- Ron sa att det var en felringning.
- Jag tänker ge igen nästa gång gänget dyker upp.

Telefonen ringer. Maj tystnar, lyfter luren med en hand som darrar. Ett rosslande ljud kommer från djupet i hennes strupe. Juan känner hur hjärtat tar sats och nästan spricker. Ansiktet på andra sidan bordet lyser vitt, näsvingarna vibrerar och andetagen kommer stötvis. Hon slänger på telefonen och sjunker ihop på stolen. Juan reser sig snabbt upp och håller fast blicken i Maj.

- Vad var det om?
- Samma kvinna, hon säger att Ron älskar henne.

Hjärtat hamrar i kroppen. Nu får det vara nog med konstigheter runt omkring honom. Det här ska redas ut på en gång. Den vackra kvinnan framför honom kollapsar snart. Trycker undan känslan och säger lugnt.

- Vi tar reda på vem som ringer hela tiden.

Juan räcker över adressen till Maj som han får från Televerket.. Hon rycker den snabbt ur hans hand och skriker högt.

- Vi åker dit!

En lång signal, Maj trycker en gång till på ringklockan. Tyst i lägenheten. Juan hör ett par klackar som närmar sig dörren. Det rasslar till i säkerhetskedjan, dörren går upp endast en liten springa. Maj är högröd i ansiktet av ilska och sätter foten i öppningen.

- Varför ringer du hem till mig, väser hon fram.
- Vem är du, säger en ung kvinnlig röst.
- Jag är Rons fru.
- Varför ger du inte upp? Vi har ett förhållande sedan två år tillbaka.

Nu hörs det tydligt, kvinnan kommer inte från Sverige.

- Jag ska in, skriker Maj och sliter upp dörren.

Juan tar tag i dörren och följer efter in i lägenheten bakom Maj. De stannar i hallen och tittar in i vardagsrummet. Nya glänsande möbler, en blå soffa och fåtöljer, ett skrivbord i mahogny och en tavla med en engelsk jaktscen hänger över soffan. Ron verkar gilla jakt, tänker Juan och tar några steg in i rummet och stannar vid tavlan.

Dörren från ett av sovrummen går upp. En ung kvinna klädd i röd klänning och med rött rufsigt hår kommer in i rummet.

- Vad har du för gäster, säger hon sömnigt. Jag försöker sova.
- Rons fru är här.
- Vad har du gjort? Du fick inte berätta om oss.
- Det här har pågått alldeles för länge redan.

Maj sjunker ner i den blå fåtöljen. Snyftningarna kommer djupt inifrån bröstet. Juan låter blicken än en gång sväva runt i rummet. Bara tavlan, en förmögenhet.

-    Vem betalar för det här, säger han.

Samtidigt kikar Juan in i köket, någonting rör sig därinne, några steg. Dörren öppnas, det första Juan får se är en hand på dörrhandtaget, en hand med en tatuerad dödskalle.

Aladdins lampa

En kall droppe i nacken fick henne att rysa till och skaka på axlarna. Flyttade paraplyet, rakt över huvudet, för att undvika fler iskalla nerslag på huden. Emily kunde inte ta blicken från lampan med den vita skärmen i skyltfönstret. Ett svagt ljus strömmade mot henne, bröt av mot himlens skyfall som vräkte ner omkring henne. Hon tittade ner på de sneda skorna, vattnet sipprade in från sidorna på dem, strumporna klafsade när hon bytte fot. Åter en blick på lampan och sedan på den blå jackan, gammal och sliten. Inte för att hon inte hade någon finare jacka hemma, men den här fick duga idag. Ingen jacka skulle klara av det här skyfallet. Emily fällde ihop paraplyet och öppnade dörren till den fina lampaffären bredvid Hötorget.

Inne i lampaffären var det tyst och stilla. Inga kunder hade vågat sig in, eller var det för tidigt på dagen. De kanske kommer senare, tänkte Emily och tittade sig omkring. Bakom disken stod en kille, rak i ryggen och i

svart kostym, han läste på ett papper som låg framför
honom, kastade en kort blick på Emily och fortsatte läsa
utan att säga ett ord. Emily gick fram mot disken,
paraplyet droppade.

- Jag vill köpa lampan som står i fönstret, säger hon
  glatt.
- Den är inte till salu, svarar han tvärt.
- Synd, det är den jag vill köpa.

En stor besvikelse drog genom Emilys kropp. Det var
den lampan hon bara ville ha. En suck hördes från killens
läppar, lade undan papperet framför sig och gick runt
disken. Emily följde efter honom inne i affären.
Expediten stannade framför en liten grå lampa, pekade.

- Den här lampan är billig, vi har inte mycket att
  välja på.
- Hela affären är full av vackra lampor, jag vill ha
  en lampa sin liknar den i fönstret.
- Kom, Roger!

En till expedit i affären. Emily vände sig tvärt om och
såg honom, en svart kostym till, ung, killens röst var

otålig. Roger lämnade Emily på golvet och gick till disken.

Paraplyet höll Emily tätt intill sidan och gick försiktigt runt bland alla kristallampor, golvlampor, bordslampor. Hennes äldsta barnbarn skulle gifta sig. Hon ville gärna ge en present, något som spred värme och glädje. Ett ljus att tända på kvällen, när brudparet låg tätt tryckta intill varandra. Ett ljus som följde dem, som var deras. Flera varv runt den stora affären med lampor. Sedan bestämde sig Emily för en lampa, inte lika strålande, men nästan. Hon tog kartongen med lampan i och gick fram till disken.

Expediten tittade knappt upp. Emily räckte fram bankkortet.

- Jag tror den här blir bra som bröllopspresent.

Roger tog emot kortet, tittade noga på det och sa till killen på sidan om honom. Lite tyst, men Emily hörde.

- Tror du det här kortet gäller?
- Testa får du se.

Nu började Emily känna en ilska stiga upp inom henne. Det bubblade. Det var inget fel på hennes kort, det var fullmatat med ett litet arv och hela pensionen hade nyss kommit in på banken. Vad höll expediterna på med?

När kortet var draget stoppade Roger i full fart ner lampkartongen i en påse.

-    Det här är en bröllopspresent, sa Emily.

Hon tittade förvånat på påsen, Roger gjorde ingen min av att rätta till misstaget. Något vackert presentpapper, det gick inte för sig. Emily gick ut i skyfallet.

****

En varm solstråle lyste upp Emilys ansikte. Hennes röda skinnjacka sken ikapp med vårens brus ute på gatan. Hon kunde inte gå vidare, framför henne i skyltfönstret lyste lampan med den vita skärmen. Lampan som hon skulle köpt till sin sonson. Hon kom aldrig iväg på bröllopet, ovädret hade invaderat hennes kropp. Men lampan hon hade köpt, den kom hon iväg med till posten. Det var långt mellan besöken, avståndet var långt, det passade aldrig riktigt att mötas. Men lampan fanns där, tänkte hon nöjd.

Emily öppnade dörren till lampaffären med ett starkt ryck. Samma expedit som för ett halvår sedan. Samma kostym, men inte samma blick. Han tittade upp, släppte henne inte med blicken. Hon tittade med isigt blå ögon på honom, utan att följa blicken som rörde sig ner mot hennes fötter, gick hon rakt mot honom.

- Vad kan jag hjälpa till med? sa han.
- Jag vill köpa lampan i skyltfönstret. Det är en bröllopspresent.
- Bra val, jag hämtar den.

Roger lämnade disken med två raska steg, den svarta kavajen stramade över ett par breda axlar. Var snabbt tillbaka med lampan i handen.

Emily gick ut med ett vackert paket, inslaget i guldpapper. Lampan hade hon köpt till sig själv. Den skulle stå på bordet bredvid sängen. Hon gick Drottninggatan fram likt en drottning.

På kvällen råkade hon nudda till lampans fot. Ett svagt ljus föll på väggarna, som om solen höll på att gå ner. En önskelampa, hon satte sig upp i sängen. Rörde försiktigt med handen på lampfoten. Ljuset blev starkare. Emily lutade sig mot kuddarna, i en stad långt borta bodde hennes sonson. Han hade också en lampa. En önskelampa.

I staden långt borta, nuddade killen lampfoten. Ett starkt ljus lyste upp rummet. Genom luften, från en stad till en annan, gick en önskan.

Vad önskar vi oss? Saker är hårda, människor är mjuka. Vad är viktigast?

Emily slöt ögonen.

Girl Power

Nu tar vi fart, höjer våra röster och plöjer en bred fåra. I denna fåra trampar vi med stadiga steg rakt fram. Varför då? Jo, vi tillhör den ena hälften av Sveriges befolkning, som ligger i underläge. Vilket underläge?

Den kvinnliga rösträtten infördes 1921, före dess var alltså kvinnorna omyndigförklarade. Våra mammor var för det mesta hemmafruar och skötte om mannen. Mannen tjänade pengarna och försörjde familjen. Det var han som bestämde över ekonomin. Räckte över en hundring till frun om hon behövde något till sig själv.

På 50-talet började borgarkvinnorna arbeta. Revolutionen stod för dörren. Kvinnorna åkte till stan och shoppade kläder till barnen och sig själva. Symaskinen stod i ett hörn, dammades av och togs fram då och då. Fruarna tog körkort, köpte bil och tog med barnen på semester. Det andades av framåtanda, en ny tid, befrielse och utmaning. Luften dallrade av outtalade önskningar.

På 60-talet fanns det ett stort antal ensamstående mammor med barn. Giftermål var inget som låg i tiden. Ensam var stark hette det då. Sköta barn, jobb och klara ekonomin, det var många unga kvinnors lott. Vi slet jobbade och köpte billig mat. Vård av barn vid sjukdom infördes. Sex dagar om året fick vi vara hemma om Johan eller Mats fick " röda hund" eller "kikhosta". Under tiden fick vi ringa runt för att få tag på en "sjukmamma". Att barnet var sjukt var inte ett giltigt skäl att vara borta från arbetet. Jobbet kom i första hand. Alla ensamstående mammor visste, utan jobb ingen familj. Bjuda på middagar och göra myspys för en beundrare, tömde plånboken. Vi hade alla en framtidstro, vi knegade och såg framåt. Snart, mycket snart, händer stora saker. Världen kommer att förändras och vi kommer att andas en friare luft, sade vi till varandra. Vi hjälpte varandra med barnpassning, gick över till grannarna med kaffe eller socker, när hyllan i köket hade ett gapande hål. TV:n stod på, vi tittade på Dallas och Falcon Crest. Vi drömde och väntade?

På 70-talet var Abba höjdpunkten. De vann schlagerfinalen i Brighton 1974. Det var stort, mycket stort. En ny era för svenska musiken, den seglade runt jorden. Och än i dag är Abba stora. Vem har inte sett filmen "Mamma Mia" eller musicalen? Den sprudlar av livslust, det behövs i en värld som nu kan te sig mycket mörk.

Kvinnorna jobbade på och väntade på löneförhöjning. Kommer vi någonsin upp i samma lönenivå som killarna, sade vi till varandra och smygtittade oss runt på arbetsplatsen. Klarade killarna av dubbelt så mycket jobb på samma tid. Visst inte, enda skillnaden var att de skrev med blyerts och vi på maskin. Tjejerna var lika bra på att författa som killarna. Fast det fick vi inte säga rakt ut.

En dag stod en grå telefon på köksbordet. Den första egna telefonen, vi började ringa, barn och vänner slöt upp som en ring runt oss.

På 80-talet började barnen bli stora. Vi hade kämpat och klarat oss ganska bra. Livsmodet fanns kvar och nu väntade säkert något stort framöver. Vi var stolta över

barnen, de tog vid. Men den dåliga lönen, ville inte stiga.
Vårdpersonalens löner steg också sakta. De var ju bara
kvinnor, för det mesta. Men vi gav oss inte, skrapade
ihop till semester och flög till Mallorca. Där dansade vi
"Lambada" och förde en "Lumumba" fram och tillbaka i
takt med musiken. Vi dansade och grät om vartannat och
vaknade igen i Svedala. Äventyret var över.

På 90-talet kom friarna. Nu var många ensamstående
mammor, solo utan barn. Tvåsamheten hägrade.
Bröllopen blev glamourösa och det var inne att gifta sig.
Städning och matlagning blev det viktigaste.

20- hundratalet, det virvlade in som en snöstorm. Rörde
om, vi var inne i en ny tid. Kvinnor, starka och med
framåtanda visade vägen.

Vi följer dem, ser vårt värde och ropar "Girl Power". Vi
kan och vi vill. Vi ger oss inte, vi kommer igen. Är det
någon kvinna som sackar efter, uppmuntrar vi och talar
om hennes styrka. Den som för henne framåt.

2010-talet är inne. Vi skriver och författar mer än vi
någonsin har gjort tidigare. IT-samhället har gjort det

tillgängligt för alla att skriva. Det föder idéer, som vi lätt kan föra vidare.

Vi är några kvinnor som åker till Spanien för att gå igenom våra romaner. Vi har lyckats med att skriva och vi ska vara stolta över vad vi gjort. Många ifrågasätter. "Du är ingen "Lisa Marklund" vem vill läsa din roman?" Vem vet, någon kanske är intresserad? I varje fall har vi gått iland med det projekt som vi har påbörjat. Och jag lovar, boken kommer ut. Om det så blir som en grönrutig schackpjäs eller en bok i bokhyllan.

En god sömns natt

Vem är jag? Varför sover jag inte, tänker Ron och vänder sig i sängen. Huvudet sjunker in i kudden, mjukt och skönt, ändå känns det som om han ligger på en igelkott. Det sticker och river i hårbotten, ja ända in i huvudet. Han stängde av datorn för flera timmar sedan, lite sent kanske, men ändå. Ron tittar på klockan, den närmar sig fem. Nu får det vara nog, här kan jag inte ligga längre, tänker han. Täcket åker i golvet och han hoppar i jeansen. Slänger skinnjackan över armen. Stänger dörren tyst bakom sig och går ner mot tunnelbanan. Perrongen är tyst och öde, inte många uppe vid den här tidpunkten. Folk sover, de har inga sömnproblem. Han snörper ihop munnen och hör samtidigt tunnelbanan närma sig. Det första tåget för dagen.

Vasagatan, några taxibilar står utanför centralen. Ingen rusch av bilar, några enstaka flanörer går över gatan. Ron går mot Strömkajen, solen har gått upp över horisonten och ett ljust sken bäddar in Stockholm. Luften är något fuktig, några bofinkar sjunger och talar om att det blir en varm dag. Ron sätter sig ner på parkbänken och tittar ut över vattnet, ljuset sticker i ögonen, han orkar inte fokusera husen på andra sidan strömmen.

En äldre kvinna i blå kappa går nära kajkanten och tittar ner i vattnet. Ron kikar med halvslutna ögon på henne en stund. Vänder bort blicken och tänker att så trött som han är orkar han aldrig mer resa sig från bänken. Jag blir fast här, inte ett steg till i mitt liv.

- Värst vad du ser hängig ut, säger en ljus röst.

Rösten når in till Rons medvetande, först svagt sedan upprepar sig rösten för honom. Han lyfter på huvudet och ser henne. Kvinnan i den blå kappan.

- Det är knappt jag vet hur jag hamnade här, säger Ron svagt.
- Vad beror det på, säger damen och slår sig ner bredvid Ron. En sådan här härlig morgon har vi inte ofta.
- Sömnproblem, det kryper i huvudet.
- Jaha, och vad är det för kryp du har, säger hon.

Ron vrider på sig och drar fötterna fram och tillbaka i gruset. Vad svarar han på det? Kan han förklara? Han tittar sig omkring på kajen, ingen i närheten, bara han och kvinnan.

- Jag mår inte bra, orkar inte gå till jobbet. De pratar och skrattar runt omkring mig, men jag orkar inte vara med i gänget. Posten som jag sköter hamnar på fel ställe, ett brev hamnade i Piteå när det skulle till Kristianstad. Chefens tjut göd genom hela lokalen och jag sjönk ner i helvetet.
- Stopp, har ni inte maskiner för sortering, säger kvinnan och river sig i håret.
- Jovisst, men jag var ansvarig.
- Pyttsan, det är inte ditt fel. Du sover helt enkelt för lite. Utan sömn klarar man inte av de allra vanligaste problemen.

Ron kniper ihop läpparna och tittar ut över vattnet. Blå gnistrande vågor slår mot en sten. Nu ser han över till andra sidan. En pappersmugg med svart kaffe trycks in i hans hand. Han lyfter muggen och sipprar på varmt kaffe.

Kvinnan ställer sig upp och börjar gå fram och tillbaka framför Ron. Hon är inte så förskräckligt gammal, tänker Ron. Rak i ryggen och en blick som ser honom. Ron lutar sig sakta mot ryggstödet. Kroppen känner sig mer hemma, en känsla rinner in i honom. Han sitter här på soffan, med ben, hår, hjärta och smärta. Hela han.

Kvinnan stannar framför Ron och säger.

- Vad är du rädd för? Vad har du för förebilder?

Ron studsar till. Vad har hon med det att göra? Han ställer sig upp och hänger jackan över axlarna. Tar några snabba steg och säger samtidigt.

- Jag måste gå nu.

Ron börjar en vandring i Stockholm. Kungsgatan fram, Birger Jarlsgatan in i Humlegården. Bakom Kungliga biblioteket ligger en korvkiosk. Magen kurrar, Ron letar i plånboken. Räcker det till en korv? Han håller en korv med mos stadigt i handen och slår sig ner på gräsmattan. Runt omkring honom sitter ungdomar, pratar och läser.

En vilsamhet råder över parken. Går inte att jämföra med festerna på helgerna, tänker han och tar en stor tugga.

Två veckor senare…

Ron ligger i halvslummer, kroppen känns varm och behaglig, rentav lite mysig. Armarna sträcker han mot taket, ligger alldeles stilla och tar in känslan av hela honom. Sätter ner fötterna på golvet. Stora kliv, öppnar kylskåpet och plockar med snabb hand fram frukost till sig och brorsan. Ropar högt att frukosten är klar.

Brorsan tittar rakt över bordet på Ron och säger.

- Varför har du plockat ner alla bilderna på din vägg i sovrummet? Det ser tomt ut.
- Äh, det är bara början. Jag kommer att sätta upp andra bilder så småningom.
- Vilka bilder, säger brodern och brer sig en smörgås.
- Det får bli på några som är bra förebilder, någon som stöttar, lyfter mig och får mig att tro på mig själv.
- Vad är det för snack?

- Jag tror det hjälper.

- Mot vad?

- Sömnproblem.

- Är det därför du har börjat springa på kvällarna?

- Många brudar är ute och springer efter jobbet?

- Säkert? brorsan tittar förvånat på Ron.

Ron småler tillbaka. Hela sista veckan har han somnat gott. Drömmarna väver in honom i ett lugn som sitter kvar till morgonen. Inga hemska, groteska jättar hemsöker honom längre på nätterna. Nattsömnen sorterar allt han varit med om på dagen och på morgonen spritter det i kroppen. Sömnen fixar helheten, tänker han. Jobbet vilket snurr, ingen chef som skriker och kamraterna är trevliga. Vem det nu beror på, kanske han hanterar saker annorlunda mot förut. Kraften, det måste vara kraften som blir starkare för varje natt han sover. Sömnen får mig att förstå vem jag är, tänker han och börjar plocka bort från bordet och säger till brodern.

- Ja, faller tjejerna för mig, klarar jag av deras pojkvänner utan problem.

Förgätmigej bland vallmo och smörblommor

Ängens gula smörblommor vajade, böjde sig framåt och ner mot sluttningen som slutade intill den lilla sjön. När vinden drog sig tillbaka, reste de sig upp och lyfte ansiktet mot himlen. En ny vindpust och hela det gula fältet rörde sig. De var samstämmiga, en order från vinden och de följde den utan motstånd. Några kor betade i hagen, böjde på huvudet och luktade, öppnade munnen tog lite gräs och idisslade sakta. Korna viftade bort några flugor med svansen, tittade ner i gräset. Smörblommorna blev kvar, de hade intagit ängen och ingen kunde få bort dem därifrån.

På ängen lyste en blå förgätmigej, i mattan på allt det gula en blå färg. Färgen lyste och kallade på uppmärksamhet. Den hörde inte hemma i allt det gula. Förgätmigej sträckte på stjälken, bredde ut sina rötter i myllan, för att stå stadigt i den hårda vinden. Då lite längre bort på ängen lyste ännu en blå blomma bland allt det gula. Det fanns fler blommor av samma färg, den lilla förgätmigejen var inte den enda blå blomman på ängen.

Vinden rusade fram över ängen, de gula smörblommorna vajade med, den blå stod rak och stadig, längre fram en annan förgätmigej som inte böjde sig för vinden. Ängen ändrade färg, lite här och där lyste blå blommor.

En lång och ståtlig röd vallmo växte med en fart som fick smörblommorna att titta upp. Vem hade intagit deras äng. En stark blomma med en färg som tog över hela ängen. De slöt sig närmare vallmon, i den blommans närhet ville de vara. Vallmon skulle skydda dem mot vinden som rullade ner från berget i närheten. Den röda blomman fick skydd av allt det gula runt omkring och växte sig ännu större och starkare på ängen.

Vallmons små frön började sprida sig i vinden. Korna undvek dem, men fröna gick ner i den tjocka myllan. Satte sig fast och spred sig. Jorden blev sjuk och korna magrade sakta. Jorden var inte som den brukade vara. Den fick en dålig lukt. Kossan lade sig intill en blå förgätmigej, luktade och somnade in.

En storm drog över ängen. Den första vallmon knakade och gick av på mitten. Låg i backen, med den röda blomman, djupt ner i jorden. Det knakade och brakade, en efter en föll vallmon, ett täcke av små röda blomblad. Smörblommorna låg platt på marken. De orkade inte stå emot, ingen stor och hög blomma skyddade dem längre.

Den blå färgen bredde ut sig på ängen. Små enstaka förgätmigej som kämpade i motvind hade inte gett upp. De stretade på, blev fler och fler. Det unkna i jorden började försvinna, vallmon hade gett upp för stormen som var hård och stark och knäckte deras stora stjälk. Smörblommorna reste sig sakta och slöt upp runt omkring förgätmigej utan att kväva dem. De höll ett bra avstånd till de blå blommorna och lämnade ett utrymme, de hade sin plats på ängen. En god doft av ren mylla spred sig över jorden.

Korna gick på ängen, hittade fint grönt gräs mellan smörblommor och förgätmigej. Tog en saftig tugga. Lade sig bekvämt på den gula och blå mattan. Idisslade sakta.

Sitges, när man är en glad pensionär…

Det damp ner ett brev på min stora dag. Från
pensionsmyndigheten. Spännande, slet upp kuvertet och
till min förvåning besked om min stora pension. Tyvärr
räckte inte 35 års heltidsjobb till garantipensionen. 166 kr
hade myndigheten generöst lagt till för att jag skulle
komma upp i lägsta pension. Hurra, jag virvlade runt i
lägenheten och sjöng, jag är en glad pensionär med inga
sorger och inga bekymmer. Min man for upp ur soffan,
följde efter i rum efter rum och vrålade i takt med mig.
Nu väntas det sötesdagar. Vad ska vi hitta på?

En resa, det här måste firas. In till datorn och bokade på
stående fot en resa till Sitges. Där skiner solen och havet
glittrar, helt okey för en nybliven pensionär. Semestern
ordnad. Full fart med packningen. Rusar till tunnelbanan,
sedan står vi på Arlanda. Bara att vänta in nästa plan,
Spanair, naturligtvis. En smörgås på Waynes coffee, en
het kopp kaffe med utsikt på ett plan som lyfter till

Nairobi. Vi tittar varandra djupt in i ögonen och säger samtidigt, nu kommer vi.

Planet går ner för landning och vips står alla resenärer upp i gångarna. Sakta rör sig huvudena mot utgången och vi står på spansk mark. En ljummen vårluft strömmar emot oss. Vi har lämnat vintern i Sverige och det har vi inte den minsta skuldkänsla av. Ni som ännu inte har kommit iväg, kan också boka en resa när pensions beskedet anländer. Sverige tycker säkert att det är bra att vi gör av med slantarna så fort som möjligt och speciellt då i ett annat land. Kanske har jag missuppfattat hela saken, men då får någon gärna rätta mig. Det kanske är tänkt att räcka till hyran, men se det tänker jag inte gå med på. Är man en glad pensionär, så ska det firas.

Vi klättrar upp till det vita huset i flera våningar som klamrar sig fast på bergsluttningen. Utsikten, intagande. Medelhavet, det blåaste blåa närmar sig och omfamnar hela bukten, stranden, berget, människorna. Hon skimrar som en blå safir, följer den vindlande vägen upp på höjden. Lägger sin hand över hela Sitges. Lycka, bara att finnas i denna sfär räcker långt. Ja, mycket långt.